진정한 우정

진정한 우정

장자크 상페 양영란 옮김

이 책은 실로 꿰매어 제본하는 정통적인 사철 방식으로 만들어졌습니다.
사철 방식으로 제본된 책은 오랫동안 보관해도 손상되지 않습니다.

유머러스한 그림을 그리는 만평가들은 회의주의자 특유의 통찰력을 가지고 우리의 뇌를 진찰한다. 암울한 진단을 자양분으로 삼는 이들은 자신들의 근거 있는 회의주의를 재치와 가벼움으로 보완하여 우리로 하여금 스스로의 태생적인 약점에 미소 짓게 만들고, 그리하여 그 약점들을 너그러이 용서하게 한다.

장자크 상페 역시 이러한 원칙에서 벗어나지 않는 가운데 호의적이고 장난기가 느껴지며 지혜로운 선(線)들을 통해서 인간관계를 조율하는 각기 다른 규칙들에 대해 질문을 던진다.

그에게 있어서 우정은 은밀한 약점(『자전거를 못 타는 아이』) 혹은 공통적으로 지닌 문제점(『얼굴 빨개지는 아이』)에 토대를 두었건, 상대에게 피해를 입히는 상황에서 비롯되었건, 다양한 의식들에 의해 다져지며 그로 인해 차츰 공모자적인 관계로 자리매김하게 된다.

명랑한 어린아이들이 어깨동무한 채 걷고, 부인네들이 자전거를 타고 스쳐 지나가며, 남정네들이 멀리서 악수를 나누는 광경은 함께하는 행복을 말해 준다. 하지만 그와 동시에 지속적인 우정을 유지해 나가기가 얼마나 어려운지를 암시한다. 어색하고 무거운 침묵을 깨고 암묵적 화합이라고 하는 달콤한 순간들을 이어 주는 대화가 반드시 조심성과 충실함을 요구하는 무언의 약조를 낳는 가장 유효한 촉매라고는 할 수 없다.

명시적이건 암시적이건 여하간 유머라고 부르는 것이 있어 거리를 두고, 자제력을 가지고 심각한 주제에 접근하도록 돕는다. 어린아이들의 우정은 순수하고 자발적일 가능성이 큰 반면, 허영심과 오만, 질투와 과실 사이에서 줄타기를 거듭하는 어른들의 우정은 허약하고 부서지기 쉽다.

우정을 인간이 지닌 감정들 가운데 가장 고귀한 것으로 치는 작가답게 상페의 그림들은 우정이란 사라져 버리는 순간들, 매우 덧없고 그러면서도 매우 소중한 몸짓들을 양분 삼아 자라난다는 것을 보여 준다. 마치 친숙함, 소홀함, 또는 경쟁심 등이 개인들 사이에서 조마조마하게 유지되고 있는 균형을 언제라도 깨뜨리려 기회만 노리고 있기라도 하다는 듯이 말이다.

장자크 상페는 빙그레 미소 지으며 〈우리의 어리석음에 저항하는 진정한 우정 관계를 얻는 것은 해볼 만한 도전〉이라고 조롱 섞인 투로 말한다. 이 책을 위해 그가 제안한 제목을 비웃기라도 하듯. 이 책에서 그는 해학과 환희를 가득 담아 〈진정한 우정이라니, 그건 동어 반복인가? 아니면 모순 어법인가?〉라고 묻는다.

마르크 르카르팡티에*

* 전 『텔레라마』 편집장 겸 대표.

「나는 혼자이고 싶습니다,
주변엔 사람이 그득해야겠지만 말입니다……」

인터뷰: 마르크 르카르팡티에

마르크 르카르팡티에(L) 이 책을 위해서, 우정의 정의에 대해서 고민하셨으리라고 생각합니다만?

장자크 상페(S) 아뇨, 전혀. 죄송합니다. 그러는 당신은?

L 세상엔 우정이란 그저 번갈아 가며 상대를 보살펴 주는 관계에 불과하다고 말하는 염세주의자들도 있죠…….

S 난 우둔하리만큼 이상주의자입니다. 내가 보기에 우정은 연애 감정과 다르지 않아요. 갑자기 생겨나 당신 안에 척 하니 자리를 잡으면, 그다음엔 알아서 그 감정과 더불어 살아야 하는 거죠. 같이 살자니 거기에 따른 의무도 있고, 나름대로의 의식도 있고…… 규칙 같은 것도 있을 테죠.

L 규칙이라면, 예를 들어 어떤 게 있을까요?

S 상대에 대한 존중 같은 걸 예로 들 수 있겠죠. 무슨 일이 있어도 존중해야 하죠.

L 스스로 그 같은 규칙들을 존중할 수 있다고 느끼십니까?

S 그렇다고 말하기엔 좀 거북할 것 같은데, 안 그래요?

L 다른 규칙들도 있잖아요. 가령 안부를 묻는다거나 전화를 건다거나, 이런 것들 말입니다. 서로 돕고, 필요하다면 대화도 하고…….

S 그건 다릅니다. 이를테면 나는 시몬 드 보부아르가 쓴 한 문장을 생각하면서 존중이라고 말했거든요. 사람들이 그녀와 사르트르의 관계가 유지되는 비결에 대해서 물었을 때, 보부아르는 이렇게 말했습니다. 〈우리 두 사람 사이가 어떻게 그런 식으로 유지되느냐고요? 그건 말이죠, 가령 7월 17일 6시 45분에 아크로폴리스에서 만나자고 약속을 하면 우리 두 사람 다 그 날짜 그 시각에 거기에 있을 거라는 걸 알기 때문이죠!〉 그러니까 이야기할 필요조차 없는, 뭐랄까, 약간 기사도적인 무엇인가에 속하는 일인 거죠.

L 우정이란 어쩌면 그와 반대로 상대가 약속을 지키지 못할 수도 있음을 이해하는 게 아닐까요?

S 그렇죠, 하지만 그렇게 되면 우리는 서로 모순되는 전화 통화, 끊임없이 변하는 방침, 계속 이의를 제기하게 되는 약속 따위로 가득 찬 삶을 받아들여야겠죠…….

L 그러니까, 우정에 대해서는 정의할 수 없다는 말인가요?

S 수천 년 전부터 많은 사람들이 우정, 자유, 인생, 이런 것들에 대해 생각하고 글을 써왔습니다. 그런데도 결정적이고 건설적인 내용들을 발견하는 경우란 매우 드물죠. 우리는 그저 늘 탐구만 계속할 뿐이죠. 그러면서 이러니저러니 말들만 늘어놓고요…….

L 우정이란, 말하자면 의무입니까?

S 아뇨, 의무는 아닙니다! 그저 하나의 존재 방식이라고 해야겠죠. 다른 아이들과 똑같다는 느낌을 갖지 못하는 두 어린아이처럼요. 둘 다 다른 아이들과 함께 있지만 어쩐지 그들과는 다르면서 친구인 어린아이들…….

L 혹시 〈우정〉이라는 말의 의미를 인식하게 된 순간을 기억하십니까?

S 와, 이런! 내가 한 번도 생각해 보지 않은 문제로군요. (긴 침묵) 언제였던가, 나는 양손에 어린이 신문이 들어 있는 커다란 상자를 들고 있었습니다. 당시에 아마 여섯 살이나 일곱 살쯤 되었을 겁니다. 거기서 덤불숲에서 만나는 두 소년의 이야기를 발견했습니다. 아주 단순한 그림이었죠. 원시림 같은 곳에서 코끼리 떼를 만난 두 소년은 무서움을 떨치려고 서로를 돕습니다. 잠재적인 위험에 직면해서 두 아이가 연대하는 것이었는데, 아주 근사했죠. 두 아이가 헤어지는 순간 나는 마음속에 담겨 있던 눈물을 모두 다 쏟아 낼 정도로 펑펑 울었습니다. 둘이 이제 친구가 되었는데 헤어져야 한다니 마음이 몹시 아프고 불행했거든요.

L 그 무렵, 당신에겐 친구들이 있었나요?

S 아뇨. 아닙니다, 안면이 있는 놀이 동무는 있었지만 친구는 없었어요.

L 무슨 차이가 있죠?

S 나는 여러 해 전부터 그 주제에 관해서 그려 보려고 노력 중입니다. 우선 한 장엔 두 사내아이의 이야기를 늘어놓을 겁니다. 독자들은 두 아이가 헤어지지 못하고 계속해서 서로 상대의 집에 바래다주는 장면을 보면서 두 사람의 우정을 짐작할 수 있을 테죠……. 그런데 난 그 이야기를 어떻게 끝맺어야 할지 도무지 모르겠어요. 그래도 난 그 그림을 이 책에 싣고 싶었습니다. 내 생각엔 우정을 제일 잘 보여 주는 사례인 것 같으니까요!

자네는 말했었지, 작년에 자네가 맺었던 우정이며 가끔 그게 후회된다는 얘기 말이야. 난 이해하네. 지금 우리를 뒤따르고 있는 저 남자가 바로 그 사람일 거야(저치는 어제도 우리를 뒤쫓아 왔지). 저자가 기침을 하면 자네가 뒤이어 기침하는 걸 눈치챘거든. 자네가 저 사람이랑 관계를 다시 맺는 걸 막지는 않겠네만 나 역시 기침은 할 줄 안다는 사실만은 알고 있게.

S 우정이라는 주제에 대해 중도에서 멈춘 그림이 또 있습니다. 두 친한 친구가 등장하는 그림인데, 성탄절에 각각 휴대 전화를 선물 받은 두 사람은 둘이서만 서로의 휴대 전화 번호를 알고 있자고 굳게 약속합니다. 그러던 어느 날, 두 사람이 함께 있을 때, 한 사람의 전화기가 울립니다. 우정의 약속은 그것으로 깨져 버리죠. 누군가 다른 사람이 건 전화임이 분명하니까요.

너와 나

S 그래요, 우정이란 약속입니다. 꼭 정해진 형식을 따라야 할 필요까지는 없는 그런 약속 말입니다. 두 사람 사이에 존재하지만 굳이 말로 표현되지 않는 헌장 같은 거죠. 연줄에서 우정으로 넘어가는 건 매우 드문 경우라고 할 수 있죠.

L 그래서 그토록 우정이나 친구 같은 말을 사용하는 데 어려움을 느끼시는군요?

S 무심코 사용하기엔 상당히 거북한 말들이죠. 공감을 필요로 하는 것들은 모두 약간 거북하죠, 안 그렇습니까?

L 우정이라는 말이 약간 젠체하는 것 같나요? 가만 보면 언제나 〈말동무〉라고 말하는 편을 선호하는 것 같더군요…….

S 아, 그렇죠. 그런데 그 점을 눈치채셨군요?

L 혹시 자신이 우정을 받을 만한 자격이 없다거나 우정을 베풀 역량이 되지 못한다고 생각하시기 때문인가요?

S 역량은 있다고 생각합니다만…… 솔직히 나는 항상 나보다 나은, 그것도 훨씬 월등한 친구들을 두었죠. 그렇기 때문에, 조심스러운 나머지, 어쩌면 부끄러운 마음도 있겠죠. 〈우정〉이니 〈친구〉니 하는 말을 스스럼없이 사용하기를 꺼린다고 봐야겠죠. 예술가란 말도 마찬가지고요…….

L 그렇다면 혹시 동지애라는 말을 더 좋아하십니까?

S 동지애라고 하면 어쩐지 동업 조합이 떠오르는데요…….

L 〈애정〉이라는 말이 더 편하신가요?

S 애정 없는 우정도 가능한가요?

L 공통적인 관심은 어떠세요?

S 그 말을 들으니 정당이나 기업의 총수 같은 사람들이 떠오릅니다…….

L 〈애착〉이라고 말하면 좀 더 솔깃하십니까?

S (침묵) 〈애착〉이라. 그거 괜찮군요. 마음에 들어요. 썩 마음에 드는 말입니다. 〈애착〉이라고 하면 따뜻하고 호의적이네요. 가령 어린 고양이에게 애착을 보일 수도 있고…….

L 자주 느끼는 거지만, 작품 속 등장인물들이 고양이나 개, 심지어 암소나 닭 같은 동물들과 정말로 교감하는 것 같더군요…….

S 행복이라는 관념 속엔 많은 환상이 들어 있습니다. 한쪽 어깨에 고양이를 얹어 놓은 남자를 보자면 아마도 그것이 그에게는, 또 그의 고양이에게도, 진정한 행복의 순간일 수 있습니다. 우정 어린 교감처럼 말입니다. 하지만 그런 식의 사고에 너무 익숙

해져선 안 됩니다. 고양이는 단지 배가 고파서 밥을 달라고 그러고 있는 것일 수도 있으니까요. 녀석은 또 얼마든지 다른 사람의 어깨에 올라갈 수도 있고요! 그러니 너무 환상을 갖지 말아야 하죠. 설사 고양이와의 교감이 사실이라고 할지라도, 항상 무언가가 그러한 교감을 깰 수도 있거든요. 우리네 삶이 늘 그렇듯이 말입니다…….

L 하지만 당신이 그린 그림들을 보면 인간과 동물 사이에 굉장히 평화로운 관계가 형성되어 있을 거라고 상상하게 되는걸요?

S 특히 고양이의 경우가 그렇죠. 나는 오랫동안 올리브라고 하는 암고양이를 길렀어요. 내가 애지중지하던 녀석이죠. 그 녀석은 내가 어디를 가든 졸졸 따라다녔어요. 심지어 피아노를 칠 때도요! 나를 향한 애정을 표현하려는 녀석의 헌신과 마음 씀

씀이가 그 정도였다는 말이죠!

L 마치 사람에 대해서 이야기하듯 말씀하시는군요…….

S 그건 녀석의 태도가 아주 주의 깊은 인간의 태도와 흡사했기 때문일 겁니다…….

L 주의 깊고…… 말 없는 인간…….

S 나는 침묵이 때로는 아주 훌륭하게 서로의 이해를 돕는다고 생각해요, 아니 그러길 바란다고 해야겠군요. 그렇기 때문에, 나는 일부 사람들이 동물한테 보여 주는 애정에 크게 감동받기도 합니다.

L 그 애정이란 것이 암소나 닭을 향한 것일지라도 말입니까?

S 나는 동물이 대체물이라는 사실이 재미있습니다. 그래서 동물의 특별한 표정을 그리는 일이 아주 즐겁습니다. 낯설면서도 연민을 가득 담은 눈으로 암소를 쳐다보는 농부의 표정을 보면 저절로 웃음이 납니다. 그 농부는 암소를 좋아하고, 그걸 잘 아는 암소도 농부에게 보답하죠. 솔직히 그다지 사실적이라곤 할 수 없지만 그래도 암소의 눈을 보면 마음이 짠합니다…….

L 자전거를 탄 여자 농부의 뒤에서 달리는 암탉은요?

S 솔직히 왜 그 그림을 그렸는지는 나도 잘 모르겠습니다! 하지만 그 암탉이 자기가 낳은 계란을 팔기 위해 여주인을 따라 시장에 간다고 상상해 볼 수 있지 않을까요? 암튼 강아지처럼 행동하는 암탉이죠. 사람과 친밀한 가축으로서 길들여진 닭일 수도 있겠죠! 자기에게 먹이를 주는 농장 여주인과 친구일 수도 있을 테고요! 내가 당신한테 비밀 한 가지 고백하는데 말이죠, 터놓고 말해서 나는 닭 그리기를 아주 좋아해요! 타고난 허영심대로 행동해도 상관없다면 말이죠. 난 『뉴요커』지의 표지를 장식한 그 암탉이 아주 마음에 들어요. 나는 멍청하면서 잘난 척하고, 적당히 겁쟁이이기도 하면서 조심성 있는 닭을 그리고 싶었다고 고백하겠습니다. 그 암탉이 걸핏하면 겁을 먹으면서도 오만방자했으면 좋겠다고 생각했단 말입니다! 그렇다고 해서 그 암탉과 가까이 지내고 싶은가 하면 그건 아니지만 그래도 녀석은 썩 내 마음에 들어요! 그 닭을 진지한 축에 드는 신문의 제1면에서 보게 되었다고 해서 내 삶이 크게 달라진 건 아니지만, 그래도 한순간이나마 만족감을 얻은 건 사실입니다!

L 그런데 이따금씩 그 닭은 몇몇 인간과도 많이 닮았다는 인상을 줍니다. 예를 들어 해변을 걷는 반은 사람이고 반은 왜가리 같은 인물들 말입니다. 그자들은 자기 자신에 대해서 몹시 만족스러워한다는 느낌이 드는데, 어떻습니까?

S 그야 뭐, 그렇게 볼 수도 있겠군요……. 그자들은 수탉처럼 으스대죠. 그런 사람들은 분명 은행 지점장들이거나 간부들일 겁니다. 늘 뭔가 골똘히 생각하는 중이며, 그럴싸하고 결정적인 생각들을 서로 주고받는다는 인상을 주곤 하죠. 하지만 난 그 사람들이 과연 진정한 친구들인지는 확신할 수 없습니다…….

1

2

3

4

5

6

7

8

9

→

10

11

12

13

14

15

걱정 마, 저 둘은 노는 게 아니라 그러는 척할 뿐이거든.

너는 기분이 좋으면 멍멍 하고 짖는다. 화가 났을 때는 조금 다른 방식으로 짖지. 너는 감정의 미묘한 차이를 나타내는 데 많은 한계가 있어. 네가 표현할 수 있는 뉘앙스는 별로 많지 않아. 하지만 나는 너와 달라. 기분이 좋을 때, 나는 그 좋은 기분의 미묘한 차이를 여러 가지로 표현할 수 있어. 싱긋거리거나 껄껄거릴 수도 있고, 때에 따라서는 엉엉 울 수도 있어. 화가 났을 때도 마찬가지야. 나는 허허 웃는 것까지 포함해서 아주 다양한 방식으로 내 감정을 드러낼 수 있어. 그 이치는 아주 복잡하고 대단히 혼란스러워. 예를 들면 이런 거야. 너는 착한 개야. 그리고 내가 개를 좋아한다는 건 두말할 필요도 없지. 그런데도, 나는 이따금 네가 고양이였으면 좋겠다는 생각을 할 때가 있어.

호기심을 갖고 다른 달팽이들한테도 가야 해. 물론 문제는 시간이 걸린다는 거지만…….

L 우정이란 신뢰 협약에 토대를 두고 있는 걸까요?

S 두 명의 존재는 그들 자신들에게만 속하는 예외적인 무엇인가를 지니고 있습니다. 그들을 둘러싼 주위 사람들이 뭐라고 말하든 간에 그건 그들에게만 속한다는 말입니다! 오로지 그 두 사람에게만.

L 혹시 그런 유형의 우정을 보여 주는 사례를 알고 계신가요?

S 즉각적으로 떠오르는 건 물론, 그다지 독창적인 대답은 아니지만, 몽테뉴와 라 보에시의 우정일 테죠! 〈그가 그이고, 나는 나이기 때문에…….〉 하지만 이런 경우란, 적어도 내가 보기엔 꿈의 영역에 속합니다. 사람들은 누구나 그렇게 되길 원하지만…… 수 세기 전부터 사람들은 지속적으로 사랑 이야기를 써왔습니다. 사랑의 신비를 파헤쳐 보겠다는 일념 때문에 이 문제에 대해서 새로운 무엇인가를 보여 주기를 원하는 소설을 읽고, 연극을 관람하는 일에 매달리는 인간의 집념은 오히려 희극적이라고 해야겠지요, 안 그런가요?

L 우린 지금 우정에 대해 이야기하는 중인데 뜬금없이 사랑 이야기를 하시다뇨…….

S 그건 같은 겁니다! 아니, 그보다는 사랑이든 우정이든 과정은 다 똑같다고 해야겠군요…….

L 우정은 선의를 전제로 합니까?

S 그러기를 바라죠, 어쨌거나.

L 그리고 용서도 전제로 하나요?

S 용서보다는 같이 나누는 공유의 문제죠. 하지만 이런 말들은 모두 이상에 불과하죠, 당연한 말이지만. 사실, 나는 친구를 용서할 수 있다고 믿지 않습니다. 그럴 수가 없거든요. 우정이란 매우 소중한 감정에 토대를 두고 있죠. 두 친구를 이어 주는 끈이 너무도 가늘기 때문에 그게 일단 끊어지고 나면 다시 붙이거나 이을 수가 없어요. 끈이 연결되었다고 해도 더는 마음이 통하지 않는 거죠!

L 혹시 가끔 누군가와 친구가 되기를 원했나요?

S 그럼요! 당연하죠.

L 그래서, 성공하셨나요?

S 가끔은 성공하고, 가끔은 그러지 못했죠. 나 자신이 이렇다 할 전략 따위는 전혀 사용하지 않으면서 유난히 진솔했다고 생각합니다. 난 그저 나 자신일 뿐, 다른 것은 결코 될 수 없었다는 말이죠……. 난 정말이지 연극엔 재주가 없거든요…….

L 진솔함은 상대를 정복하기 위한 가장 좋은 무기인가요?

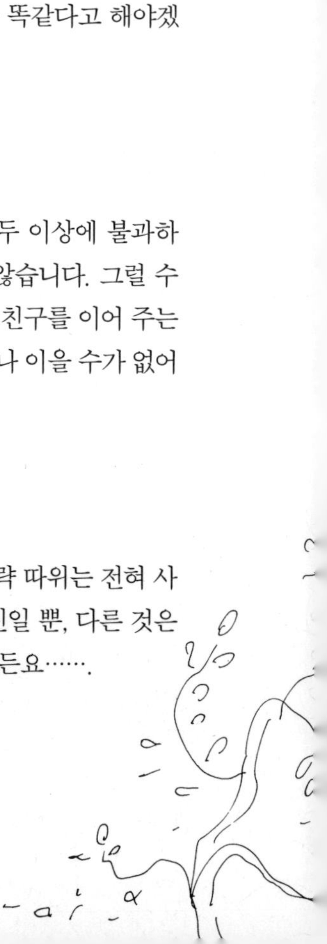

난 나를 모욕한 자들을 항상 관대히
용서해 주었지. 하지만 내겐 그 명단이 있어.

S 가장 기사도적인 무기, 늘 그것만 사용하고 싶지만 유감스럽게도 누구나 그럴 역량을 지니고 있진 못한 무기라고 할 수 있죠…….

L 예전에 결혼 중개업소들이 있었듯이 요즘엔 인터넷상에 만남 사이트들이 범람합니다. 혹시 사람들이 진실하게 자신을 소개하면서 우정을 추구하는 사이트들도 있을 법하지 않은가요?

S 우정은 그런 종류의 방식과는 양립하기 어려운 신중함을 자양분 삼아 자라난다고 나는 생각합니다. 사랑은 야성적이죠. 하지만 우정이라는 관계는 매우 섬세하고, 때에 따라서는 아주 미묘하기도 하죠…….

L 암묵적이기도 하죠?

S 아, 맞아요, 〈암묵적〉. 그건 내가 아주 좋아하는 단어입니다. 그래요, 우정은 때에 따라, 상황에 따라 암묵적이고 함축적이죠.

L 하지만 암묵적인 것이 때로는 오해를 불러일으키기도 하죠…….

S 물론입니다! 남자는 여자를 만나도록, 혹은 그 반대로 만들어졌다는 건 암묵적이죠. 비록 일이 늘 그처럼 단순하게 흘러가진 않지만 말입니다. 안 그렇습니까? 우리는 실제로 하루하루 살아가면서, 그리고 그렇게 하는 과정이 우리에게 가져다주는 것 혹은 가져다주지 않는 것에 주의를 기울일 때에만 인생에 대해서 다소나마 이러쿵저러쿵 이야기할 수 있죠. 인생이라는 주제에 대해서 마치 자기만이 진리를 독점하고 있다는 듯 확신에 차서 이야기하는 사람들을 보면 난 항상 마음이 언짢더군요. 그러니 난 어떻게 해서든 그런 부류에 속하지 않으려고 기를 쓸 겁니다!

L 친구를 위해서 자신의 삶을 희생할 수 있을까요?

S 그럼요, 실제로 그런 일들이 일어나기도 하잖습니까. 그런가 하면 반대로 친구의 등에 칼을 꽂는 사람들도 있고요. 늘 그렇듯이 우리네 삶에선 모든 것이 가능합니다. 당연히 궤도 이탈도 일어나고요. 우정은 승화된 공동체 삶이라고 할 수 있습니다.

L 우정을 믿게 만드는 끈끈한 관계는 어떻게 형성되는 걸까요?

S 앞서 나온 책에서도 이미 말씀드린 것으로 기억하는데, 그래도 기꺼이 반복해서 말하겠습니다. 자크 모노는 어느 날 그가 쓴 책에 붙일 제목을 생각해 냈는데, 그 제목은 그야말로 완벽한 경이로움 그 자체죠. 『우연과 필연』. 우연과 필연이라는 말은 우리 인생을 점철하는 상당히 많은 것들에 그대로 적용될 수 있습니다. 우정을 놓고 보자면 당연히 우연이라고 말해야 할 테지만, 우리는 우리가 만난…… 그러니까 우연히 만난 우정의 상대와 관계의 진화라는 필연에 당면하게 됩니다. 마치 당신이

그 만남을 반드시 필요로 했다는 듯이, 비록 그 만남이 없었더라도 당신은 전혀 고통스러워하지 않았을 테지만 말입니다.

L 당신은 본인이 지어낸 모든 이야기들은 언제나 우정에 대해 말한다고 설명하시더군요. 그런데 예를 들어 『랑베르 씨』 같은 경우를 보자면, 우리는 상당히 모호한 우정과 만나게 됩니다…….

S 상당히 위선적인 우정이죠. 다른 사람들로 하여금 랑베르 씨에게 얹혀 쉽게 쉽게 살아가도록 해주는 공범자 의식이라고나 할까요. 랑베르 씨의 친구들은 그의 연애사에 끼어들면서 자신들의 연애 이야기도 늘어놓습니다. 비록 그게 다 꾸며 낸 거짓 이야기라도 말입니다! 그 이야기들은 물론 드러내 놓고 거짓입니다. 하지만 랑베르 씨 덕분에 친구들은 때로는 지나칠 정도로 자신들의 격을 높일 수 있습니다……. 약

간의 허영심도 빠지지 않겠죠.

L 그럼에도 거기엔 동류의식이며 은밀한 합의, 또는 공범자 의식이 존재할까요?

S 아니죠, 그렇지 않죠. 습관에 따르는 분위기가 있을 뿐이죠. 습관이란 아주 재미난 겁니다. 격려가 되기도 하죠.

L 안심도 되고요?

S 아마 그럴 겁니다. 하지만 무엇보다 격려가 된다고 봐야죠. 사실, 그들의 삶이란 그저 모여서 축구나 정치, 그 외에 전혀 중요하지 않은 시시한 것들에 대해 이러쿵저러쿵하는 게 전부입니다. 중요한 건, 의례적인 것, 일종의 의식이죠. 그걸 통해서 각자 자신의 삶을 재창조하니까요. 그렇다니까요. 우정이 지속되기를 원한다면, 내가 보기에 의례적인 것은 반드시 필요하죠.

L 『랑베르 씨』에서는 치사한 것들이 의례적인 것들 주위에서 맴돌죠. 그 두 가지는 양립 가능합니까?

S 그렇지 않죠. 그렇기 때문에 일이 복잡해지는 겁니다. 우리는, 정도의 차이는 있겠지만, 모두가 어떤 특정한 순간에 약간씩 치사해질 수 있습니다. 나중에 후회해도 소용없는 일이죠, 우리의 치사함은 항상 흔적을 남기니까요.

L 우정은 상대의 결점에 대해 눈감게 만들기도 하나요?

S 네, 허영심이 있는 친구를 둘 수도 있는 일이니까요. 우리가 원하는 건 어디까지나 특별한 지위를 얻는 겁니다! 내가 나보다 나은 친구와 테니스를 친다고 합시다. 그 친구가 자기의 우월성으로 나를 짓밟지만 않는다면 얼마든지 나를 이겨도 좋겠죠! 하지만 누가 압니까? 그 친구는 나를 배려했는데, 그의 의도와 달리 나는 그가 잘난 체하는 것 같다고 느껴서 짜증이 날 수도 있죠. 그런 식으로 많은 오해가 생겨날 수 있다는 말입니다…….

L 우정을 꿈꾸시나요?

S 물론 우정을 꿈꿉니다. 하지만 그건 아마도 내가 그다지 우정을 믿지 않기 때문일 수도 있습니다. 나도 이런 내가 밉습니다. 이건 별로 좋은 태도라고 할 수 없으니까요!

L 우정이란 상대에게 주의를 기울이는 거라고 말하는 사람들도 있습니다. 만일 내일 있을 월드컵 축구 결승전 시합에 초대되었는데, 하필이면 공교롭게도 같은 날 열릴 친구의 생일 파티에 가겠다고 약속을 해 둔 처지라면, 어느 쪽을 선택하실 건가요?

S 그럴 경우 뻔뻔하게도 난 친구에게 거짓말을 할 겁니다. 내 책을 내주는 출판사 사장에게 초대받았다는 식으로 둘러댈 거란 말이죠. 나는 친구에게 스무 번도 더 전

화해 거듭 어쩔 수 없이 축구장에 가야 한다고 말하겠죠!

L 그렇다면 친구에게도 거짓말할 수 있는 거로군요?

S 이 경우엔 필연이죠! 사실 거짓말을 하는 건 분명 심각한 일이지만, 그래도 나는 할 겁니다! 두 번 다시 없을 일회적인 사건과 해마다 돌아오는 친구 생일 사이에서 선택을 해야 하니까요. 나는 당연히 예외적인 행사를 택하겠습니다. 물론 그러는 내가 원망스럽죠, 끔찍하게 밉다고요. 하지만 그와 동시에 난 하필이면 그날 태어난 그 친구도 엄청 원망할 겁니다…….

L 자신의 선택을 확신하십니까?

S (긴 침묵) 아뇨. 방금 내가 한 답변은 제일 먼저 생각나는 반응이라고 해야겠죠. 오만방자한 반응……. 짜증스러운 초기 반응이 지나고 나면 아마도 나는 축구 결승전을 포기하지 않을까요. 그러면서 최대한 격앙된 마음을 숨기려고 애를 쓸 테죠…….

L 그렇다면, 생일 파티가 계속되는 동안 모르는 사람들과 섞여 있으면서 내내 그 친구를 원망하실 건가요?

S 나는 내가 오직 나의 운명만 원망하게 되기를 소망합니다. 우정에 대해 이야기하는 건 자기희생에 대해 이야기하는 것이기도 하죠. 이기심의 상당 부분을 기꺼이 버리겠다고 수락하는 거니까요. 굉장한 겁니다.

L 친구를 사귀는 건 (거의!) 조직에 들어가는 것이나 다름없겠네요, 누군가를 위해 헌신한다니 말입니다…….

S 누군가를 위해 헌신하는 건 아니고, 규칙을 존중하는 정도가 되겠죠. 조직 사회에서처럼.

L 그 규칙이란…….

S 처신의 규칙.

L 그 말은 즉?

S 친구와의 관계에서는 절대 넘지 말아야 할 선이 있습니다. 예를 들어 조심성은 처신의 규칙 가운데 하나라고 할 수 있죠. 한데, 지키기 아주 까다롭죠, 이 조심성의 규칙 말입니다.

L 조심성 없이 불쑥 던진 질문 하나가 단단한 우정을 깨뜨릴 수도 있나요?

S 그러기까지야 하겠습니까만, 조심성 없는 언행이 반복된다면, 네, 물론 그럴 수 있겠지요!

L 그러니까 우정은 어느 정도의 신중함을 전제로 한다, 이런 말씀이로군요? 조심스러

운 감정 표현이라고나 할까요?

S 당연하죠! 바람직한 행동 지침 같은 것이 분명 있는 거죠!

L 다른 것들에 우선하는 규범으로는 어떤 것들이 있을까요? 조심성, 신중함, 침묵?

S 무엇보다도 충실함을 들어야겠죠. 상대에게 주의를 기울여 주는 역량, 그리고 그와 아울러 명석한 통찰력과 현명한 거리 두기.

L 그렇다면 그건 꿈이 아닙니까?

S 세상에 꿈이 아닌 것도 있습니까? 레오나르도 다빈치는 우리에게 꿈을 물려주었습니다. 그토록 오랜 기간 사람들이 연구를 거듭한 모나리자의 미소가, 그가 우리에게 준 꿈으로의 초대가 아니라면 무어란 말입니까?

L 꿈이란 미지의 세계를 말하는데, 사람들이 모나리자의 미소를 보며 상상하고 그 미소 뒤에 감춰진 것을 그려 보는 것이 결국 꿈이라는 말씀이십니까?

S 그럼요. 하지만 오해는 금물입니다! 그건 아주 어려운 일이니까요!

L 우정 속에는 혹시 토론이나 교환, 대결이라는 개념도 들어 있지 않을까요?

S 네, 그렇죠. 우리는 친구라면 우리에게 완전히 허심탄회하게, 가차 없이 이야기해 주기를 바라죠. 그런데 막상 친구가 그러면 괜히 트집 잡힌 것 같은 기분이 듭니다.

L 〈괜히 트집 잡힌 것 같은 기분〉이 들지 않으려고 작품 속 등장인물들은 서로 말을 하지 않는 건가요? 함께 하늘을 쳐다보거나 나란히 서서 해변을 걷는 두 사람이 무슨 생각을 할지에 관해서는 그야말로 무궁무진한 상상이 가능하죠…….

S 이봐요, 마르크, 인정할 건 인정해야 합니다. 난 아무것도 발명해 내지 않았어요. 아무리 기를 써도 절대 풀리지 않을 엄청난 문제는 고독입니다. 인간은 무엇을 하든지 혼자라고 느끼게 마련입니다. 그러면서 이런 가학성 취미가 다 뭐냐고 저 높은 곳에 있는 존재를 원망하죠! 도대체 무슨 이유로 우리를 이토록 고독한 존재로 만들었느냐고요? 정말이지 희극적이면서 부조리하고, 또 무지 웃기는 일이죠.

L 사람들이 입을 여는 게 매번 뭔가 흥미로운 이야기를 하기 위해서는 아니라고 봐요. 그저 침묵을 메우기 위해서일 수도 있고, 그리고 매우 유감이긴 하지만, 뻔한 이야길 하면서 잘난 척하기 위해서인 경우가 자주 있죠. 그러니 진정한 공범자 의식이 느껴질 땐 아무도 말을 하지 않을 때라고 할 수 있을까요?

S 어쩌면 그럴 수도 있겠네요. 난 잘 모르겠어요. 나라면 절대 그리지 않을 그림이 한 장 있어요. 발코니에 한 커플이 있고, 깃발들이 있습니다. 깃발 위쪽엔 〈자유, 평등, 박애〉라고 적혀 있죠. 커플은 군중 쪽을 향해 서 있는데, 여자의 한쪽 눈 주위엔 시

퍼렇게 멍이 들었죠. 난 그런 그림은 그리지 않았어요. 그리려고 마음은 먹었지만 그럴 때마다 까딱하다가는 괜한 오해를 불러일으킬 소지가 있다고 생각했죠…….

L 그 같은 꿈과 현실 사이의 충돌이 여자는 6층에서 커피를 마시고 있고, 남자는 건물 아래 술집에 있는 커플 그림에도 등장하죠. 두 사람은 마치 서로 대화를 피하기 위해 그러고 있는 것 같아 보이잖아요…….

S 또는, 괜히 대화를 시작했다가는 분위기가 심상치 않게 고조될까 봐 그럴지도 모르죠…….

L 침묵은 커플 관계가 지속되기 위해 치러야 하는 대가일까요?

S 커플 관계가 지속되기 위해서는 아주 많은 대가를 치러야 하는데, 어찌나 많은지 난 무서울 정도입니다. 내가 보기엔 아주 비싼 값을 지불해야 해요. 빨간불이 없는 도시를 상상해 보십시오. 얼마나 많은 다툼과 파렴치한 행동들이 일어나게 될지 짐작이 되십니까?

L 그러니까 어떤 상황에서도 지켜야 할 규칙이 있다는 말씀입니까?

S 아니요, 도처에 장애물이 설치되어 있다는 말이죠.

L 친구 사이에서도 규칙과 장애물은 존재합니까?

S 네, 내가 보기엔 날 때부터 신중하게 태어나야 할 것 같다는 생각이 듭니다. 사람들이 모두 조심성 많고, 신중하고, 사려 깊게 태어나야 할 것 같다고요. 실제로 우리는 부주의하고, 서투르며 때로는 어리석기 짝이 없는데 말입니다. 그런 문제에 관해서라면 내가 실제로 겪은 경험담도 있죠!

L 그렇다면 우정은 침묵을 자양분 삼아 자라나는 편일까요?

S 말도 역시 자양분이 되죠. 하지만 듬성듬성해야 해요!

L (웃음) 대체 듬성듬성한 말은 어떤 거죠?

S 말수가 적어야죠. 사비냐크와 나는 항상 서로에게 존댓말을 썼습니다. 꼭 필요할 때만 말을 했죠. 자주 만나긴 했어요. 만나면 언제나 존댓말을 주고받았고요…….

L 두 분 사이의 존댓말은 상대에 대한 존중의 한 형태였나요?

S 그와의 경우엔 네, 그랬다고 생각합니다. 상대와 반말을 주고받을 때는 혹시라도 서로 존중하는 마음에 흠집이 나지 않을까 염려되니까…… 사비냐크도 나도 서로 말을 놓자는 생각조차 하지 않았습니다. 도저히 그럴 수 없었으니까요. 시작부터 그랬어요. 존댓말을 하게 되면 특히 일부 사안에 대해서 이야기를 나눌 때 특정한 방식의 화법이 따라오게 되죠.

내 친구들은 시시해요. 당신도 당신 친구들에 대해서 그렇게 생각하실 테죠. 가면을 쓰고 변장까지 해야 하는 무도회에 참석하는 것만 같아 지겨운 것도 마찬가지일 테고요. 그런데 장담컨대, 내가 나의 변장에 집중하는 순간부터 우리는 진짜 흥미로운 대화를 이어 나갈 수 있습니다.

MINCEUR

L 그렇긴 하지만, 두 분 모두에게 일정한 거리를 지키는 방식이었을 수도 있지 않습니까?

S 나는 그것이 술집 같은 곳에서 함께 어울리는 술친구들과는 전혀 다른 몇몇 친구들과의 사이에선 마땅히 지켜야 할 무엇이라고 생각합니다. 그러니까 천박해지지 않으려는 저항의 방식이랄까.

L 술친구들과는 천박함에 근접할 수도 있다는 말이로군요?

S 정장을 차려입고 진행하는 회견에서 수영복 차림의 회견에서와 동일한 방식으로 말을 할 수는 없지 않겠습니까? 암요, 그럴 수 없죠!

L 끼리끼리 어울리는 인맥은 우정이 아닌가요?

S 끼리끼리 어울리는 건…… 그건 어딘지 모르게 수상쩍은 구석이 있어요. 뭔가 석연치 않단 말이죠. 약간…….

L 그저 어깨 한 번 툭 치고…… 그러고 나면 금세 잊어버리니까요? 사비냐크 그분은 당신의 친구입니까?

S (침묵) 네, 하지만 동갑내기나 같은 일에 종사하는 친구들 같지는 않죠. 어쨌거나 우리 사이엔 일정한 거리가 존재했으니까요…….

L 일요일마다 트루빌로 사비냐크를 만나러 가면 기운이 나셨나요?

S 난 그게 좋았어요, 그럼요. 내가 무척 좋아하는 일이었죠. 우리가 거의 매일 만나서 저녁을 함께 먹던 파리 생활의 후속이었으니까요.

L 사비냐크와 있을 땐 말을 많이 하시는 편이었나요?

S 필요할 땐 그랬죠, 암요, 우리는 대화를…….

L 주로 말을 한 건 사비냐크였나요, 아니면 당신이었나요?

S 둘 다.

L 이따금 그러고 싶은 유혹을 느끼시는 것으로 알고 있는데, 혹시 듣기만 하신 건 아닌가요? 가끔은 듣기만 하는 것도 즐거운가요?

S 네, 그럼요. 아니, 그렇지 않습니다.

L 두 분은 같은 눈으로 세상을 바라보셨습니까?

S 네, 그래요. 그랬어요.

L 그러니까…… 아주 조심스러운 태도로? 결코 판단하지 않으면서?

S 아, 사비냐크는 아주 무서운 데가 있었습니다. 어떨 땐 우스울 정도였죠. 그는 가치 판단에 있어서는 아주 엄격했습니다……. 하지만 나는 그게 마음에 들었어요. 맞

아요, 마음에 들었다니까요. 물론, 예를 들어 우리 두 사람 중 누군가 상처를 받았을 경우, 우린 지원과 충성을 맹세한 중세의 기사들처럼 상대를 위로해 주겠다면서 허겁지겁 달려가는 일은 하지 않았습니다. 그저 기쁜 마음으로 만나서 얼굴을 보면 그것으로 족했으니까요. 게다가 나는 세상에서 제일 위대한 포스터 작가와 한자리에서 이야기를 나눌 수 있다는 사실에 엄청 우쭐했었죠! 사실 얼핏 생각할 때, 내가 사비냐크를 만나고 그와 친구가 되어야만 하는 그 어떤 필연적인 이유 같은 것도 없었거든요. 정말이지 그런 이유는 하나도 없었어요. 그러니 무지 행복할 수밖에요!

레옹 사비냐크, 포스터계의 황태자, 볼네 가에 위치한 그의 작업실에서.

L 그를 알기도 전에 벌써 당신은 그의 작업에 탄복하는 입장이었습니까?

S 네, 아주 많이. 하지만 친구가 된 이후로는 덜 그렇습니다.

L 어째서요?

S (침묵) 이기주의 때문일 테죠. 그리고 항상 허영심 같은 것이 우리를 호시탐탐 위협하니까요…….

L 무슨 뜻이죠?

S 나는 나와 비슷한 사람들, 혹은 내가 닮았다고 생각하는 사람들만 너무 좋아했어요. 그런데 내가 감탄해 마지않는 사비냐크의 작품에선 필치가 엄청나죠. 거기에 비하면 내 필치는 마냥 가냘프기만 합니다. 그는 주먹질도 불사하는데…… 나는 그보다 훨씬 가볍다고요…….

L 하지만 그래도 두 분은 친구가 되셨는데, 그건 사회를 바라보는 관점이 같기 때문인가요?

S 아이러니가 담긴 시선 말인가요? 그럴 겁니다. 아니, 그랬으면 좋겠네요…….

L 눈빛만으로도 서로 이해할 수 있다고 믿으십니까? 서로 말을 주고받지 않아도 아무런 오해 없이 상대를 이해할 수 있을까요?

S 내가 보기엔 사람들이 자기 속마음을 털어놓기를 거부하기 때문에 되도록 상대와 말을 하지 않으려 하는 것 같습니다. 아주 조심조심 주의를 기울이면서 말을 하면 오해를 피할 수도 있을 것 같습니다만. 그런데 대체로 사람들은 퉁명스럽게 행동해서 공든 탑을 무너뜨리죠. (웃음) 그러니 어느 정도는 점잔 빼는 태도를 간직하는 편이 더 좋겠지요! 적당한 거리를 유지해야 한다는 말입니다. 〈점잔 빼기〉는 내가 퍽이나 좋아하는 말이죠.

L 어떤 사람들은 그와 반대로 우정이란 투명함을 전제로 한다고 말하기도 하더군요…….

S 아뇨, 난 그렇게 생각하지 않습니다.

L 친구란 내 마음을 어지럽히는 심란함을 털어놓을 때 내게 힘을 북돋아 주는 존재가 아니던가요?

S 아마도 그럴 테죠, 물론 나는 그렇다고 100퍼센트 확신하지는 못하지만 말입니다. 어쩌면 그럴 겁니다. 우정과 관련해서는 약간 감상적일 필요가 있지만, 그렇다고 해서 지나치게 감상적이어선 안 되죠. 지나치면 그건 재앙이 되어 버리니까요. 이 문제에 대해서라면 나는 좀 무지한 편입니다만.

인생이란 언제나 놀라워. 자네가 어마어마한 곤들매기를 잡던 날, 그리고 그다음 주에 기막히게 큰 숭어를 잡아 올렸을 때, 고백건대 난 자네의 기쁨과 자네 가족들의 자랑을 시샘했네. 하지만 내 생각이 틀렸어. 자네는 신경질적이고 참을성이 없어졌거든. 그 후론 자네가 잡아들인 자잘한 잉어 새끼들이 주위의 실망만 불러일으켰으니 이해할 만해. 반면에 나는 우리 집 식구들의 안온한 평화를 느끼게 되었지. 크지도 않고 대수롭지 않은 것일망정 언제나 똑같은 생선 튀김을 먹을 수 있다는 믿음이 마침내 안도감까지 가져다준 거지. 말하자면 그건, 확신과 영속성에서 비롯된 평온이라네.

내 말을 잘못 받아들이지 않기 바라네만, 자네는 지금처럼 모든 게 순조로울 때보다는 불행할 때 훨씬 흥미로워진다는 사실을 알고 있나?

L 그건 아마도 당신이 특정 부류의 이야기는 입에 올리는 데 어려움을 느끼기 때문이겠군요. 아니면 아예 입을 열 역량조차 없거나.

S 역량조차 없다……. 몇몇 경우엔 역량이 없다기보다는 신중함이라고 해야겠죠.

L 그렇다면 과연 역량 부재와 신중함의 차이는 무엇일까요?

S 역량 부재는 의지와는 무관한 반면 신중함은 의지적이죠.

L 당신은 모든 상황에서 자신이 하는 말의 주인입니까?

S 그럴 수 있다면 좋겠습니다.

L 우정과 신중함, 언어는 어떻게 해야 화해시킬 수 있을까요? 그 세 가지는 항상 뒤죽박죽으로 꼬일 위험을 안고 있지 않습니까, 안 그런가요?

S 우리가 살다 보면 겪게 되는 많은 일들이 그렇듯이, 그 역시 상당히 미묘하고 섬세한 거죠. 당신이 이해하는 데 애를 먹는 것도 어쩌면 그렇기 때문일 겁니다! 그것들이 순조롭게 잘 맞물려 돌아가느냐 아니냐……. 제법 복잡한 문제입니다.

L 혹시 중대한 어떤 일에 대해서 친구에게 이야기하지 않은 걸 후회하실 때도 있으십니까?

S 그 질문에 대해서는 벌써 답변했던 것 같군요. 그럼요, 물론 있죠. 내가 털어놓지 않은 불명예스러운 비밀 몇 가지는 빼고요. 혹시 몰라서 대비책으로 해두는 말입니다. 그런데 지금 이 대화는 지나치게 진지한 거 아닙니까?

L 그렇게 말씀하시는 걸 들으니, 그런 것도 같습니다……. 때로 친구들이 큰 도움이 될 때도 있나요?

S 큰 도움이랄 것까지야 없겠지만, 암튼 친구들 덕분에 오리무중이던 상황이 일목요연하게 정리가 되기도 합니다. 하긴 그것만으로도 벌써 대단한 거죠…….

L 상황을 일목요연하게 정리할 줄 아시나요?

S 잘 모르겠어요. 뭐라고 대답을 할 수가 없군요.

L 사람들은 우정으로 맺어진 관계라는 말을 자주 쓰곤 합니다. 이런 말, 혹시 충격적인가요?

S 그다지 이상한 말 같지는 않은데요…….

L 우정에는 그 같은 대가가 따르는 걸까요?

S 그럴까 봐 두렵군요!

L 우정 때문에 질식할 수도 있을까요?

S 그럼요. 어차피 사람들은 각자 자기 나름대로 행동한다는 사실을 새삼 상기시켜 드

릴 필요가 있을까요?

L 혹시 하던 일을 계속하기 위해서 점심 식사나 만남을 거절하신 경우도 있으신가요? 그러니까 우정보다 일을 선호하시느냐고요?

S 그걸 선호하는 건 아니죠, 다만 그렇게 하지 않을 수 없었던 거죠. 가령 『렉스프레스』지의 경우, 목요일 아침엔 무슨 일이 있어도 삽화를 넘겨줘야 하거든요. 그 때문에 친구와의 수요일 저녁 약속을 취소한 적이 있습니다.

L 친구를 보러 가기 위해서 작업대를 떠난다면…….

S ……그 경우 나는 항상 죄책감을 느꼈죠! 늘 그랬어요. 난들 기쁜 마음으로 그렇게 산 것이 아니라는 건 확실하게 보증하죠…….

L 항상 일이 우선이었습니까?

S 네, 그야 필연적이었죠! 흔히들 말하듯이 그것만이 내가 살길이었으니까요…….

L 몇 년쯤 세월이 흐른 후엔 사정이 훨씬 나아지지 않았나요?

S 아니요. 그렇지 않아요. 직업치고는 아주 독특하고, 아주 희한한 일입니다. 아주 특별해요. 아주 고독하기도 하고. 노동조합 따위도 없지만, 분명 하나의 직업이고, 그 직업에 따르는 몇몇 의무가 사람을 옭아매죠.

L 직업이야 누구든 다 있잖아요…….

S 아니, 이건 좀 달라요. 예를 들어 의사들은 직업으로 인한 구속감이 훨씬 덜할 거라고 봐요……. 나는 오래도록 내 그림만 생각하고 살았습니다. 새 그림을 그려 내야 한다는 걱정과 더불어서 말입니다. 게다가 늘 똑같은 질문이 나를 따라다니죠. 과연 내가 할 수 있을까?

L 어디를 가든?

S 네!

L 누구와 함께 있든?

S 네! 그러니 제일 중요한 건 일이죠.

L 일과 여가의 경계란 존재하지 않는다는 뜻이로군요. 다른 사람들에겐 그 경계를 넘나드는 것이 얼마든지 가능한데 말이죠.

S 정말로 그렇게 생각하시나요? 하긴 나도 그러고 싶어요. 그런데 아주 드물게만 성공할 뿐이죠. 일반적으로 나는 전화 한 통이면 금방 제자리로 돌아오죠!

L 일과가 그런 식이라면 고독은 일정 부분 감수해야겠군요……. 그러다 보면 사회적 지위는 향상되고 말이죠? 세상에 널리 알려지게 되면 우정 어린 관계 맺기가 수월

해지나요?

S (냉소적인 어조) 그게 그러니까 솔직히 한 번도 생각해 보지 않은 문제입니다. (냉소적인 어조) 정말 이상하게도 난 그 문제에 대해서는 단 1초도 생각해 보지 않았어요. 다른 사람이나 픽션 작품이 알려지는 일이라면 기분이 매우 좋은데, 나 자신과 관련해서는 한 번도 생각해 보지 않았거든요. 확실하게 말할 수 있는 건, 나는 어떤 사람이 유명한지 아닌지 따위는 전혀 고려하지 않고 그와 어울릴 수 있다는 사실입니다.

L 끼리끼리 어울리는 패거리로 어울린단 말인가요, 아니면 친구가 된다는 말인가요?

S 끼리끼리 어울리는 패거리라고 말한 건 그게 쉽사리 나오는 말이기 때문이었습니다. 특별히 신경 써서 단어를 고르는 수고를 하지 않기 위해서 말입니다.

L 감탄을 자아내지 않는 사람도 친구로 삼을 수 있나요?

S 그럴 리가요…….

L 온갖 종류의 이유가 있겠군요…….

S 반드시 그렇지도 않습니다.

L 파리에 도착한 지 얼마 되지 않았을 때 보스크를 만나셨죠. 당신들 두 사람은 같은 신문에 작품을 실을 판이었습니다……. 당신은 그에게 찬사를 보냈지만, 엄밀히 말하면 그는 경쟁자이기도 했죠. 그래도 두 사람은 친구가 되었나요?

S 보스크로 말하자면, 나는 그를 라페 가(街)에서 우연히 만났습니다. 그는 『삼디 수아르』에 삽화를 제출하러 가는 길이었고, 나는 막 거기서 나오는 길이었죠. 『파리 마치』가 그에 관해서 쓴 한 면짜리 기사에 실린 사진을 본 덕에 내가 먼저 그에게 알은척했습니다. 게다가 그때 그의 옷차림새가 아주 괴상했기 때문에 재미있었거든요. 우리는 곧 습관처럼 함께 점심이나 저녁을 먹는 사이가 되었죠.

그는 많은 것에 관심을 보이는 진정한 지식인이었습니다. 나는 그가 되게 웃긴다고 생각했는데, 모든 사람들이 그렇게 생각하는 건 아니었습니다. 그는 아주 신랄하게 말하는가 하면, 가차 없는 유머를 구사하기도 했죠. 하루는 삽화를 게재하고 싶은 신문사에 들렀다가 나온 여러 명의 삽화가들이 근처 카페에 모여서 이러니저러니 속내를 털어놓는 중이었는데, 우리 가운데 한 사람이 〈유머러스한 만평을 그리는 것이 나의 오랜 꿈〉이라고 말했습니다. 그러자 보스크가 그 말을 받아 〈그런데 왜 그런 그림을 그리지 않는 거야?〉라고 대꾸했죠.

내가 보기에 전쟁은 그에게 깊은 상처를 남겼고, 그를 끔찍한 공포에 빠뜨렸으며, 안타깝게도 그 때문에 그는 다소 까칠해진 데다 때로는 아주 의기소침해지곤 했습

끝없는 분출이죠.

니다. 하지만 나는 그의 친구라는 사실을 자랑스럽게 여겼습니다. 나는 아주 마음속 깊이 그를 찬탄해 마지않았으니까요. 데뷔 때부터도 그는 엄청난 재능을 지니고 있었습니다.

언젠가 전시회가 열렸을 때였는데, 내가 화랑에서 그의 작품 한 점을 구입했습니다. 다음 날 그가 전화를 걸었는데, 이렇게 말하더군요. 내가 팔지 않고 간직하려던 단 한 점의 작품을 자네가 샀더군! 지금도 그 말을 생각하면 웃음이 나옵니다!

L 상대를 도발하려는 의도를 넘어서, 그 말엔 분명 그가 느끼는 고마움이 담겨 있었겠지요, 안 그런가요?

S 물론이죠! 선의를 알아주길 바라는 마음이죠……. 이렇게 표현하는 게 어떨지 모르겠는데, 그거야말로 불꽃의 심장이죠. 기계를 움직이는 원동력이란 말입니다. 반드시 자유롭게만 돌아가서는 안 되는 실린더를 돌리는 복잡한 기제라 할 수 있어요.

L 그런데 그 선의라는 것이 우리들 각자가 지닌 고유한 약점 때문에 뒤틀려 버리는 경우가 자주 일어나지 않던가요?

S 물론 그렇죠.

L 선의란 타고나는 것이 아닌가요?

S 지금 진심으로 그 모든 것을 분석할 작정인가요?

L 그야 나도 잘 모르겠지만, 암튼 내가 보기엔 선의라고 하는 것이 당신 작품의 핵심인 것 같거든요.

S 아, 그래요?

L 지나가는 기차에게 인사를 건네는 어린 사내아이, 함께 바다를 향해서 걸어가는 사내아이와 계집아이 그림에선 분명 선의라던가 따뜻함 같은 것이 엿보이죠. 그 아이들에게는 함께 있다는 것이 진정한 행복이라는 느낌이 들거든요.

S 그건 오직 존재한다는 행복감이죠.

L 그처럼 공범자적인 감정은, 『자전거를 못 타는 아이』에서도 그렇듯이, 때로는 오랜 시간 공유해 온 비밀들을 자양분 삼아서 생겨나죠.

S 네, 두 주인공에게 영광과 성공, 사회의 인정 등을 가져다주는 비밀이죠. 어린 시절에, 혹은 젊은 시절에 두 사람을 괴롭혔던 것이 나이 들자 그들에게 기쁨을 선사하는 원동력이었음이 밝혀지는 거죠. 우리 인간의 조건이 그런 것 같습니다. 한 남자가 거짓말을 토대로 자신의 명성 또는 사회적 지위를 쌓아 올리면서 그것이 내내 마음에 걸리다가 결국 그 같은 사실을 털어놓음으로써 그 짐에서 해방되는 거죠…….

보스크, 1953년, 라페 가에서.

L 『자전거를 못 타는 아이』에서 두 주인공은 오래도록 침묵을 지킵니다…….

S 네, 그래요. 하지만 우리는 두 사람의 비밀이란 깨지기 쉬운 것임을 느낍니다. 그러니까 나는 그러길 바랍니다. 이런 말 하는 건 좀 거북하지만, 『자전거를 못 타는 아이』는 나를 기쁘게 해주는 이야기입니다. 이 사람, 저 사람의 침묵 덕분이겠죠. 연애 소설에서는 사람들이 무지 말을 많이 합니다. 그런데, 우정은 침묵을 먹고 자랍니다.

L 그러니까 당신이 생각하는 이상은 두 사람이 서로 말을 하지 않고도 상대방의 마음을 알아차리는 것이로군요?

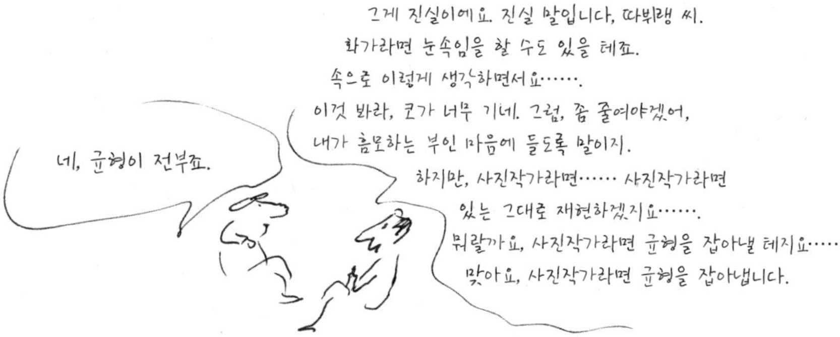

S 네, 말을 너무 많이 하지 않고서도요.

L 오히려 반대로, 우정을 나누는 사이라면 서로에게 무슨 말이라도 털어놓을 수 있는 거 아닐까 싶기도 합니다만…….

S 어차피, 모든 걸 다 말할 수는 없는 노릇이지요. 하지만 우정을 나누는 사이에서라면, 친구한테 비밀을 털어놓을 때 느끼는 달콤함도 있겠지요. 예컨대 피구뉴가 따뷔랭에게 자기는 움직이는 피사체는 찍을 줄 모른다고 털어놓고, 따뷔랭은 피구뉴한테 자기는 겁이 나서 여태껏 자전거를 한 번도 타본 적이 없다는 사실을 고백하는 장면에서, 저는 두 사람 사이의 우정이 참으로 대단하다고 생각했습니다.

L 그렇긴 하지만, 두 사람은 오랫동안 서로에게 거짓말을 해왔고, 그건 반드시 우정의 증거라고 말하긴 힘들죠…….

S 심각한 거짓말이 아니라면, 친구한테 얼마든지 거짓말도 할 수 있다고 봅니다. 그런

가 하면, 친구한테 감당하기 힘든 비밀을 털어놓고 또 그렇게 해서 그 무거운 짐을 함께 짊어질 수 있게 된다면, 자기 비밀을 누설할 리 없는 그 친구한테 대단한 신뢰를 표현하는 셈이 아닐까 싶네요…….

L 비밀을 간직한다는 건 언제나 짐이 될까요?

S 우리는 모두 비밀을 가지고 있습니다. 그 비밀을 털어놓을 수 있는 누군가를 만날 수 있다면 그야말로 행운이죠.

L 다른 사람한텐 털어놓을 수 없는 비밀 말입니까?

S 네, 거북살스러운 비밀 말입니다. 발설하지 않는 은밀한 계획도 마찬가지일 테고요.

L 『자전거를 못 타는 아이』에서 자전거포 주인과 사진작가는 두 사람 모두 장애를 가졌지만 서로에게 입을 꾹 다뭅니다.

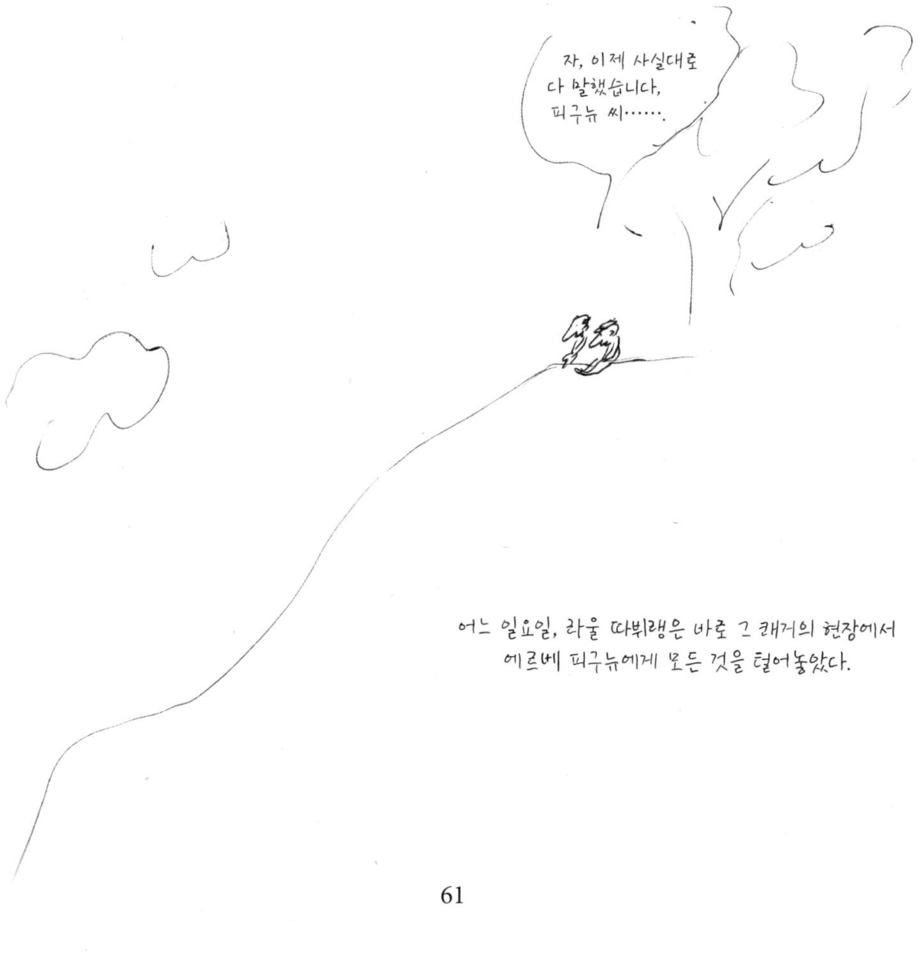

S 네, 그 대목에서 제가 좀 너무 심했지요! 자전거포 주인을 자전거 위에서 균형을 잡지 못하는 사람으로 그렸으니까요. 완전히 부조리한 설정이었습니다! 그리고 또, 여기에 짝을 맞추기 위해, 움직이지 않는 피사체만 찍는 사진작가란 설정을 찾아내기까지 수년이나 걸렸습니다!

L 『얼굴 빨개지는 아이』도 비밀스러운 장애를 가진 두 소년이 우정을 맺는 이야기입니다…….

S 내 입으로 이런 말을 하는 게 어떨지 모르겠지만, 나는 서로 모르던 두 소년이 자기네가 가진 장애 때문에 오히려 가까워지고, 세상이야 나 몰라라 하며 함께 커나가는 그 이야기를 정말 좋아합니다.

L 하지만, 두 소년은 결국 서로를 잊어버리지 않나요?

S 아니죠. 한 소년의 부모가 공연히 나서는 바람에 둘 사이가 멀어지는 겁니다. 두 아이는 말하자면 심각하기만 하고 둘 사이의 애착에는 관심을 두지 않는 주변 사람들 탓에 희생되는 겁니다. 정작 두 아이는 자기들과는 무관한 세상사 때문에 피해를 입는 거죠…….

L 다행스럽게도, 그 후 두 소년은 우연히 재회를 합니다. 두 사람의 우정은 전혀 변함이 없습니다. 서로에게 일일이 설명해야 할 필요도 없었고요…….

S 두 소년은 그저 함께 있다는 사실이 그렇게 좋을 수가 없는 거죠! 쓸데없이 정치 얘기나 꺼낼 필요가 뭐 있겠습니까? 〈직업이 뭡니까?〉라거나, 〈어제저녁은 누구와 먹었어?〉라거나, 〈바캉스는 어디로 갈 거야?〉 따위의 질문은 할 필요도 없는 거죠. 오늘날의 인간관계는 그저 불안감을 누그러뜨릴 요량으로 말을 주거니 받거니 하는 정도가 아닐까 합니다. 반면 얼굴 빨개지는 아이와 그의 친구는 바로 그 침묵할 수 있는 힘 덕분에 이 같은 야만성을 벗겨 갈 수 있는 겁니다!

L 이런 이야기들은 우리 모두에게 관련된 얘기들이 아닐까요?

S 맞습니다. 우리 모두는 어떤 식으로든 장애를 가지고 있습니다……. 우리가 만일 음치라서 불행하다면, 그런 사실을 과연 누구한테 털어놓을 수 있겠습니까? 그것도 구제 불능 상태란 말을요……. 우리의 삶에서 비밀은 매우 흥미롭습니다. 세상에 훤히 알려지게 되면 벌써 흥미를 잃는 것일 테니까요.

L 비밀은 털어놓지 않을수록 더 나은 걸까요?

S 진실의 순간은 언젠가 반드시 찾아옵니다. 감추고 싶은 사실을 털어놔야 할 순간이 오게 마련인데, 그러면 아무래도 관계가 좀 서먹서먹해질 수도 있겠지요……. 서로 잘 아는 사이라면, 굳이 말이 필요하지 않습니다. 텔레비전이니 공개 인터뷰 같은 데에서나 시시콜콜 말들이 많은 법이지요! 그림을 그리기 시작할 때만 해도, 지

금처럼 심각한 질문들을 받게 되리라곤 꿈에도 생각하지 못했습니다!

L 이 책의 표지로 선택된 삽화를 보면, 사람들이 악수를 하면서도 상대방에게 별로 주의를 기울이지 않는 것 같습니다. 마치 타인에게 큰 관심을 갖지 않는 오늘날의 시대정신을 보여 주기라도 하는 듯이 말이죠.

S 〈안녕하세요!〉 하며, 지나가는 사람들을 표현하고자 한 겁니다. 좋은 기분, 형제애와 우정, 그리고 사회적 관습도 함께 담으려 했습니다. 사무실에서 일하는 사람들은 거개가 서로들 싫어하죠. 내가 보기엔, 코믹합니다. 완전히 코믹한 것은 아니지만, 어쨌든 코믹한 건 사실입니다. 안 그렇습니까?

L 그러니까 인맥이랄까, 예의상의 우정 따위는 믿질 않으시는군요?

S 네, 〈아주 많이〉 믿지는 않습니다!

L 하지만 설명이 달려 있지 않은 적지 않은 수의 삽화들 중에는 우정 어린 몸짓도 슬며시 녹아들어 가 있는, 관례적인 동료 의식을 보여 주는 장면들도 꽤 많은 것 같던데요?

S 그걸 가리켜 우정이라고 할 수 있을지 어떨지는 모르겠습니다. 그렇다면, 비가 내리기 시작할 때조차 먼저 지나가라고 문 앞에서 비켜서는 것도 우정이라고 해야 할 테니까요.

L 그것은 예의라고 해야 할 테지요, 아닙니까?

S 맞습니다. 하긴, 다양한 감정들이 얽히고설켜 있을 테죠…….

L 어쨌든, 우정이라면 기꺼이 상대방을 위해 양보할 줄 알아야 하는 것 아닙니까?

S 하긴, 이 모든 것이 언제나 명확하진 않습니다. 과도한 친절이나 예의가 지나치면 감정을 상하게 할 수도 있습니다.

L 정도의 문제란 말씀인가요?

S 늘 그렇죠, 그 미묘한 균형이 문제입니다…….

L 아, 또다시 균형의 문제로 돌아왔네요! 줄타기 곡예사처럼, 우리 모두는 바로 그 균형을 제대로 잡을 수 있기를 희망합니다. 그러면서, 줄 끝까지 가보는 거죠. 혼자서, 고독하게 말입니다……. 우정에 기댈 수 있다면, 이 엄청난 고독을 극복할 수 있지 않을까요?

S 네, 조금씩 조금씩 하다 보면 가능할 테죠. 잘 아실 테지만, 삽화 배경을 완성하려고만 해도 엄청난 수의 작은 붓 터치가 필요합니다.

L 샹포르의 경구가 생각납니다. 웃음 짓게 하는 경구입니다. 〈나는 우정을 두 차례 거부한 적이 있다. 한 번은 자기 얘기는 한마디도 하지 않는 사람이라서, 또 한 번은 내 얘기는 한마디도 하지 않는 사람이라서 거부했다.〉

S (웃음) 재미있네요. 재치 있는 말입니다. 샹포르도 자기 말에 흡족했다면, 다행이겠고요! 브라보!

L 그런데 재치에 그치지 않고 한 걸음 더 나아가서, 우정은 두 사람의 동등한 관계를 전제로 한다고 보십니까? 아니면, 우정에도 언제나 갑을 관계가 있는 걸까요?

S 확실한 건 아무것도 없습니다! 항상 그렇듯이, 모든 것은 근사치로 움직입니다. 끊임없이 문제 제기가 필요한 거죠. 이를테면 우리가 서 있을 수 있는 것은 균형 덕분입니다. 우리가 걸음을 걷는 것만 해도 수많은 모순된 힘들이 서로 보완하고 조직됨으로써 가능해지는 겁니다…….

L 우정에는 연대감이란 것도 포함될까요?

S 암요, 그래야 할 테죠.

L 하지만, 연대 의식이 발동되지 않는 경우도 있지 않습니까?

S 네, 안타깝지만, 그렇습니다. 불행하게도 8월에 태풍이 불어 바캉스를 망치는 것과 같은 이치죠.

L 우정을 증명하는 분명하고도 확고부동한 증거가 뭡니까?

S 아는 사람이라고는 한 명도 없는 파리에 내가 막 도착했을 때였는데, 역 플랫폼에서 보르도 살 때 같은 반이었던 친구 한 명과 마주쳤습니다. 그런데 그 친구가 나를 보더니 반가워하면서 시간에 쫓기는데도 대뜸 지하철 탈 줄 아냐고 묻는 거예요. 그때 사실 난 아무 생각도 없었어요. 그러자 그 친구가 나한테 지하철 표 한 장을 쥐여 주면서 힘내라고 하더군요. 그 후 그 친구를 다신 만나지 못했습니다. 하지만 이처럼 단순한 몸짓이야말로 진정한 우정의 발로가 아닌가 생각합니다. 아무것도 바라지 않는 그 제스처가 나에게 파리의 문을 활짝 열어 준 셈입니다!

L 일시적 우정이라고 할 만하네요…….

S 그럴지도 모르죠. 어쨌든 그 순간이 퍼뜩 머리에 떠오르네요. 또 다른 에피소드도 생각납니다. 처칠은 전쟁이 끝나 갈 무렵 수상직에서 물러났습니다. 전쟁에선 승리했지만, 처칠은 이제 더 이상 수상이 아닌 거죠.

그러던 어느 날 버나드 쇼가 희곡 한 편을 무대에 올리려는 참이었는데, 처칠에게 편지를 씁니다. 나는 이 에피소드가 정말 마음에 듭니다. 〈표를 두 장 보내 드립니다. 친구와 함께 오시면 될 테지요, 아직도 귀하에게 친구가 남아 있다면 말입니다.〉 이 편지를 받고서 처칠은 다음과 같은 멋들어진 답장을 써서 보냅니다. 〈첫 공연엔 못 갈 것 같습니다. 하지만 두 번째 공연엔 갈 수 있을 듯합니다, 두 번째 공연이 확정된다면 말입니다.〉 정말 멋지지 않나요? 왜냐하면 수상 자리에 있다가 그만두면, 일주일 사이에 친구 수가 확 줄어들 테니까요!

L 그건 익살스러운 우정이라고 할 만하군요…….

S 정말 맞는 말입니다. 그리고 또, 좀 더 복잡한 우정의 증거들이 있지요. 어쨌든, 나는 그렇게 믿고 싶습니다. 콘서트 날이었어요. 이제 곧 듀크 엘링턴이 지휘하는 오케스트라 연주가 시작될 참이었지요. 그런데 글쎄 폴 곤살베스가 연주를 시작하기 전에 주머니에서 기다란 약통을 꺼내는 것이 아니겠어요? 그러더니 약 몇 알을 꺼내 먹으면서 살짝 윙크를 하는 거예요. 그 약 덕분에 연주를 할 수 있다는 듯이 말이죠. 실제로 그날 그는 기가 막힌 연주를 들려주었습니다.

그로부터 4~5일이 지났을 때, 나는 라디오에서 폴 곤살베스가 죽었다는 소식을 들었습니다. 당연히 나는 엄청난 충격을 받았습니다.

그런데 두 주 후에, 이번에는 듀크 엘링턴이 죽어요. 또 얼마 후엔 듀크 엘링턴과 같이 데뷔해서 바리톤 색소폰을 연주했으니 그의 절친한 친구라 할 수 있는 해리 카니가 한밤중에 죽고요.

이 세 사람이 얼마나 가까운 사이였기에 죽는 날까지 같았을까 생각하면, 가슴이 뭉클해집니다. 놀라실지 모르겠지만, 나는 이것이 바로 우정의 증거라고 생각합니다…….

L 때늦은 우정이라고 부를 만할 것 같네요…….

S 조롱하실지도 모르겠는데, 상관없어요. 또 다른 증거들을 말씀드릴 테니, 야유를 보내려면 얼마든지 그러세요. 난 뒤바리 백작 부인이 단두대에서 〈잠시만 기다려 주세요, 형리 나리!〉라고 애원했을 때, 형리가 부인의 청을 들어주었다는 사실을 떠올리기를 좋아합니다. 내가 보기엔 이 제스처가 대단한 우정의 증거이기 때문이죠.

L 차라리 인간미의 증거로 봐야 하지 않을까요?

S 아니죠, 아닙니다. 이제 곧 죽을 수밖에 없는 여인에게 아무런 대가 없이 베푸는 우정의 제스처죠. 만일 그 형리가 백작 부인의 청을 들어주지 않았다면 그 후 그의 삶

이 어떻게 펼쳐졌을까 상상해 보기도 합니다…….

L 친구들 사이의 동류의식을 깨뜨리는 요인으로는 어떤 것이 있을까요?

S 내가 생각하기로는 친구가 자기에 대해 미화된 모습을 비춰 주길 바랄 때가 그런 경우 아닐까 싶네요. 그러다가 자기의 바람대로 되지 않으면 실망스러울 거 아닙니까! 어떻게 보면 웃기는 얘기죠! (긴 침묵)…… 그리고 또, 불만족도 요인이 될 수 있겠죠. 우리는 어떻게 해서든지 상대를 이기고 싶어 하니까요. 가령 마라톤을 한다고 상상해 봅시다. 내 앞에 119등이 있습니다. 나는 120등이고, 뒤엔 121등이 있는데, 이 사람도 욕심이 나서 나를 추월하고 싶어 할 테죠.

L 우정은 경쟁심을 배제하지 않는다는 말인가요?

S 경쟁심은 늘 존재합니다. 인간관계가 다 그렇듯이 말입니다. 그렇지 않으면 무관심이 이겨 버릴 테니까요. 친구인 두 여성이 아침에 길에서 마주칩니다. 두 사람은 본능적으로 서로 입은 옷을 비교합니다. 물론 나쁜 감정이 없더라도 말입니다…….

안타까운 일이지만, 우정에는 거의 언제나 이해관계가 깃들어 있을 수밖에 없습니다. 친구가 되었다고 해서 갑자기 모두 성자가 되는 건 아니니까요…….

남자건 여자건 우리 모두는 사회적 성공을 추구하고, 잘나가는 동료와 잘 차려입은 동업자를 부러워합니다! 우리 주변에서 매 순간 그런 증거를 찾아낼 수 있지 않습니까?

미국 출신 동료 삽화가 코런은 솔 스타인버그를 만났을 때, 몹시 수줍어하면서도 매우 진솔하게 이런 말을 했다고 합니다. 〈아시는지 모르겠는데, 난 당신에게 엄청난 영향을 받았습니다.〉 그러자 스타인버그가 아주 진지하게 이렇게 대답했답니다. 〈아니, 어떻게 그렇지 않기를 바랄 수 있단 말입니까?〉 나는 굉장한 대화라고 생각합니다. 우정으로 또 직업적으로 맺어진 두 사람의 관계를 잘 보여 주는 일화입니다. 그러면서 상대를 〈톡!〉 하고, 파리 잡듯 깔아뭉갤 수 있음을 보여 주는 사례이기도 하죠. 글러 먹었어요!

난 우리가 상식적으로 교육받고 있는지 확신이 서질 않습니다…….

학교에서부터 경쟁은 시작됩니다. 1등, 2등, 3등…… 사람들은 경쟁에 혈안입니다. 정치가들은 여론 조사에서 오르락내리락하는 백분율에 열광하고요……. 점수를 매기지 않는 테니스 경기를 상상할 수 있을까요? 어쩔 수 없이 점수를 따져야 하죠. 한번은 두 정신분석가가 겨루는 시합에 가본 적이 있는데, 정말 혀를 내둘렀어요. 그렇게 살벌한 경기는 처음이었습니다.

L 우정은 그와 정반대가 아닐까 싶네요…….

S 네, 맞습니다. 우정은 그 우스꽝스러운 시합의 대척점에 있다고 해야겠지요……. 이를테면 미켈란젤로와 레오나르도 다빈치 사이의 기막힌 우정을 그 예로 들고 싶네요. 이탈리아 식당에 갔을 때 다시 생각난 일화입니다. 어느 날, 레오나르도 다빈치가 우수에 잠겨 산책하다가 우연히 미켈란젤로를 만났습니다. 미켈란젤로가 그에게 말합니다. 〈자네, 무슨 일 있나?〉 레오나르도 다빈치가 대답합니다. 〈글쎄 말이지, 내가 한 달 전부터 어떤 여성을 그리는데, 아주 골치가 쑤신다네. 미소 띤 얼굴을 그리고 싶어서 수백 번은 그려 봤지만, 모두 아니야. 특별한 미소를 그리고 싶거든. 아주 미칠 지경이야. 그 생각뿐인데, 어떻게 해야 좋을지 막막하다네.〉 그러자, 미켈란젤로가 말합니다. 〈어디 한번 보여 주게나.〉 이렇게 하여, 두 사람은 함께 레오나르도 다빈치의 아틀리에로 갔고, 그곳에서 미켈란젤로는 우연히 나무판 위에 초벌로 그린 한 데생을 보았으며 이내 특별해 보이는 미소를 떠올렸죠. 미켈란젤로는 가는 붓 두 자루와 황갈색, 회색, 분홍색 물감 약간을 달라고 하여, 「모나리자」의 미소를 그린 다음, 다빈치에게 이렇게 말합니다. 〈자, 자네가 찾던 미소.〉 레오나르도 다빈치는 〈저런, 굉장할세그려. 도대체 어떻게 한 거지?〉라고 말하고는 계속 그림을 그려 나갔습니다. 멋진 우정의 증거가 아니겠습니까?

L 설마. 이번엔 제가 놀림감이 되었군요…….

S 그럴 리가요. 아닙니다. 내가 놀랍다고 생각하는 것은 레오나르도 다빈치가 친구의 도움을 흔쾌히 받아들였다는 점입니다!

L 당신이 그린 데생 중에, 작가가 자기 방 창문 각도를 조절하여 햇빛이 맞은편 서점 서가에 꽂힌 자기 책에 비치도록 하는 장면이 있습니다. 그 작가의 태도가 약간 졸렬하긴 하지만, 당신의 너그러운 성품이 느껴지는 대목이 아닌가 싶습니다…….

S 작가가 졸렬한 태도를 보이는 건 순전히 그만의 책임은 아닙니다. 그 작가는 그저 다른 책들보다 자기 책이 잘 팔리길 바랐던 거죠……. 불행히도, 오늘날은 경쟁하지 않고 질투하지 않는 심성을 쉽게 받아들이는 시대는 아닌 것 같습니다…….

L 조건 없는, 순수한 우정은 정말 존재하지 않는 걸까요?

S 우리 모두 오랫동안 자문해 봐야 할 문제입니다! 돈이 끼어들면 모든 일이 엉망진창이 되는 것과 마찬가지 이치가 아닐까 합니다. 우리네 삶이 그렇게 생겨 먹었습니다. 언젠가, 식당에서 계산할 때 함께 식사했던 사람이 이렇게 말하더군요. 〈볼일이 있어서 어울리는 사이라면 더치페이합니다. 하지만 친구 사이라면, 한 사람이 냅니다.〉

〈여성들의 새로운 트렌드〉를 조사하던 중에 나는 전 세계적으로 가장 명망 높은 패션 칼럼니스트들

사이에서는 솔직담백하고 진정으로 예의 바른 분위기가 지배적임을 인정하게 되었습니다.

2

3

4

그날 우리는 각자가 계산했습니다.

L 돈이란 것이 세상사를 꼬이게 만드는 원흉이 아닐까요?

S 좀 놀라운 얘기를 하나 들려 드리지요. 어쩌면 이 얘기를 듣고 웃으실지도 모르지만요. 내가 자주 떠올리는 일화가 하나 있는데, 스쳐 지나가는 우정이긴 하지만 감동적인 얘기입니다. 내가 스위스에서 사고를 당해, 파리의 피티에 살페트리에르 병원으로 이송되었던 적이 있습니다. 의식을 반쯤 잃은 상태에서 병실에 도착했는데, 그곳에 친구 몇 명, 그리고 내가 가끔 저녁 먹으러 가곤 하던 생쉴피스 광장 부근의 이탈리아 식당 주인 모습이 어렴풋이 보이더군요. 식당 주인은 내게 가까이 오더니 몇 마디 말을 빠르게 주워섬기고 나서는 가버렸습니다. 그 후 침대에서 뒤척거리는데, 환자복 상의 주머니에서 뭔가가 부석거리는 거예요. 그래서 보니까…… 백 유로짜리 지폐가 들어 있지 않겠습니까! 넋이 나가 말도 제대로 못 하는 나를 보면서 식당 주인이 지폐를 찔러 넣었던 거죠. 요즘도 그때 일을 생각해 봅니다. 사고를 당하

고 나서 비행기로, 헬리콥터로, 그리고 또 구급차에 실려 파리로 이송되기까지 3일이나 소요되었고, 내가 다시 걸을 수 있게 될는지 또 회복하여 정상적인 삶을 되찾을 수 있을지 알 수 없는 상황에서, 그 식당 주인은 대체 나에 대해 어떤 우정의 감정을 품고 있었을까 하고요. 그 와중에도 나는 나의 미래가 걸린 매우 현실적인 문제를 생각했었습니다. 〈회복해서 정상 생활을 되찾을 수 있을까? 앞으로도 그림을 그릴 수 있을까?〉 한데, 식당 주인은 본능적으로, 우정을 생각하며, 은밀하게, 주머니를 뒤져 백 유로짜리 지폐를 꺼내 내 주머니에 넣어 줄 생각을 먼저 한 거죠. 내가 깨어나면 발견할 수 있게 말입니다. 당시 식당 주인이 나의 정신 상태에 대해 어떻게 생각했는지를 보여 주는 기막힌 예입니다. 사람에 따라서는 불쾌하게 생각할 수도 있겠지요. 실제로 그 얘길 주변 사람들에게 했더니 놀라는 사람들도 있었고요. 하지만 나는 달라요. 식당 주인의 행동은 내가 나중에 물질적으로 곤경에 처할 수도 있다는 사실을 벌써 예상했던, 아주 섬세한 마음의 발로였다고 생각하니까요. 그래요, 난 그때의 일을 순수한 우정의 표식이었다고 확신합니다!

L 우정은 언제든 깨질 수 있는 불안정한 것일까요? 혹시 우정의 영원성에 대해 의심하시나요?

S 나는 의심하지 않습니다. 나는 우정이 매우 불안정한 것이라고 생각합니다. 크리스털에 대해 의심하지 않지만, 그것이 깨지기 쉽다는 사실 또한 인정합니다.

L 당신이 그린 어떤 삽화에선 이런 대목이 나옵니다. 〈사랑의 말은 존재하지 않아요. 사랑의 증거만이 있을 뿐이죠.〉 마찬가지로, 이렇게 말할 수도 있지 않을까요? 〈우정은 존재하지 않는다. 우정의 증거만이 존재할 따름이다〉라고요?

S 내가 보기에 그건 얼마간 우리네 삶의 흥미로운 측면을 보여 주는 말입니다. 말로야 뭐든 다 할 수 있죠. 〈사랑의 말은 존재하지 않아요. 사랑의 행위만 있을 뿐이죠〉였습니다. 그런데 말입니다, 만일 어떤 부류의 사람들이 경쟁자를 제거하는 일을 사랑의 증거라고 여긴다면, 그건 증거 요구를 지나치게 극단적으로 해석하는 것일 테죠! 세상의 비극이란 비극들이 모조리 그런 증거들로 꽉 찼으니까요. 게다가 연적의 죽음을 바라는 여자들은 또 얼마나 많습니까…….

L 진정한 우정이라면 친구의 허물까지도 덮어 줘야 할까요?

S 우리네 삶이 그렇잖아요. 상대의 허물로 인해 우리가 방해받지 않는 한 모든 걸 용서하게 마련입니다.

L 예컨대, 언제나 지각하는 사람을 용서하십니까?

잘 아시잖아요, 마리엘렌. 사랑의 말은 존재하지 않아요. 사랑의 행위만 있을 뿐이죠.

S 아, 아주 까다로운 경우네요. 난감하지요. 여자 친구들 중에 언제나 약속에 늦게 오는 사람이 한 명 있었어요. 한번은 함께 연극을 보러 가기로 했는데, 공연이 이미 시작했는데도 그 친구가 도착하질 않아 기다리던 사람들이 모두 안절부절못했죠. 그런 일이 한 번, 두 번, 세 번, 열 번 쌓이다 보니……. 마침내, 난 그 친구에게 이렇게 말했습니다. 〈잘 들어. 다음에 네가 또다시 늦으면, 와봐야 우린 없을 거야.〉 그리고 나중에 실제로 일이 그렇게 되어 버렸습니다. 그날 우리는 8시 반에 만나기로 했는데, 9시 반이 되어도 그녀가 나타나질 않는 거예요. 그래서 난 그냥 자리를 떴죠. 또 한번은 비가 오는 날이었는데, 그녀가 늦게 도착했지요. 그런 날은 항상 비가 오더군요……. 난 또다시 가버렸지요. 더는 못 참겠더라고요. 그 후 그 친구를 다신 만나

지 못했습니다. 그 무렵 난 더는 돌이킬 수 없는 상황이라고 생각했습니다. 그녀는 한 번도 제시간에 도착한 적이 없었으니까요. 내가 거짓말을 해도, 그러니까 〈함께 연극 보러 가자, 8시에 시작이야〉라고 시간을 앞당겨 말해도, 그 친구는 극장 같은 곳에 전화로 문의해서 내가 거짓말한 것을 알고는 또 늦게 오는 거예요. 불가항력인 모양이에요. 도저히 시간에 못 맞추는 겁니다. 그렇게 할 수 없는 사람이었던 거죠.

L 그럼, 당신은 언제나 시간을 지키십니까?

S 나도 물론 종종 약속 시간에 늦곤 했습니다. 시간을 정확히 맞추기도 하고요. 한동안 작업실은 드라공 가, 집은 셰르슈미디 가에 있었던 적이 있습니다. 걸어서 20분 거리지요. 그런데도 난 아내가 준비하는 저녁 시간에 매번 늦었어요. 솔직히 그럴 때마다 항상 설득력 있는 진짜 변명거리가 있었어요. 작업실에서 출발하려는데 하필 뉴욕에서 전화가 걸려 오는 식이었거든요. 항상. 한번은 아내가 〈당신, 더는 못 참겠어〉라고 하더군요. 난 그저 난감한 마음에 〈허, 참〉이라고 답변할밖에요. 그때 아내가 이렇게 말하더군요. 〈당신, 왜 항상 늦는 줄 알아?〉 그래서 난 〈글쎄, 여보, 뉴욕에서 온 전화를 받느라 늦었다니까!〉라고 곧이곧대로 대답했죠. 아내가 대꾸하길, 〈말만 번지르르하지! 아마 내일은 에펠 탑이 무너져 아틀리에 지붕을 덮쳤다고 할 테지, 언제나 핑곗거리는 있을 테니 말이야……. 당신이 항상 늦는 이유는 딱 한 가지야, 그건 내가 기다려 줄 거라는 걸 알기 때문이야.〉 그날 이후, 그땐 정말 자존심이 상했는데, 언제나 시간을 지켰습니다. 내가 얼마든지 할 수 있는 일이었으니까

요. 그 후론 늦을 때마다 기분이 영 안 좋고, 엉망진창이 되는 듯한 느낌이 듭니다.

L 방금 〈시간을 지키는 일은 내가 얼마든지 할 수 있는 일〉이라고 말씀하셨습니다. 그렇다면 아무리 해도 할 수 없는 일들도 있습니까?

S 물론이죠. 예컨대, 체코어로 노래 부르는 일이라든가…….

L 그럴 테지요. 하지만 노력을 필요로 하는 물질적 삶 중에서, 좀 더 구체적으로 〈할 수 있는 일들〉이라면?

S 이봐요, 마르크, 불행하게도 우리의 삶에서 노력을 필요로 하지 않는 것은 아무것도 없는 것 같습니다. 그래서 엄청 짜증 나기도 하고요. 어째서 이 세상엔 노력을 기울이지 않고 쉽게 얻을 수 있는 것들이 없단 말인가? 모든 것이 내 신경을 곤두서게 만듭니다. 하나도 빠짐없이 모든 것이 말입니다. 하다못해 양치질을 하고, 셔츠를 입기 위해서도 노력해야 합니다. 아, 난 정말이지 세상을 이런 식으로 만들어 놓은 분, 저 하늘 높은 곳에 계신 분에게 불만이 많습니다!

L 장기를 함께 두자는 약속이나 사랑하는 여인과 만나는 약속도 노력을 전제로 합니까?

S 처음엔 아니죠!

L 그렇다면 시간이 모든 것을 어렵게 만든다는 뜻인가요?

S 상대방을 점점 더 존중해야 하니까요. 인간관계란 것이 아주 복잡합니다…….

L 우정도 사랑만큼이나 복잡한 것이로군요?

S (침묵) 사랑에선, 우린 괴물이 됩니다. 서로 잡아먹질 못해 안달하니까요. 상대가 잡아먹혔다 칩시다. 그러면 사람들은 그에게 왜 잡아먹히도록 가만히 있었느냐고 비난합니다. 반대로, 상대가 전혀 나를 잡아먹으려 들지 않으면 관심이 없어서 그러는 거라고 트집을 잡으면서 그에게 원한을 품죠. 이보다 더한 코미디는 없습니다. 완전히 미친 짓이지요. 우정도 사랑이 지닌 이 엄청난 자기중심적 사고방식과 존재 욕망에서 벗어나지 않습니다.

L 요컨대, 두 존재의 공존이란 언제나 복잡한 것이로군요?

S 미레유와 장 노앵이 부른 감미로운 옛 노래가 있습니다. 노랫말은 대강 이렇습니다. 〈내가 당신을 조금만 덜, 아주 조금만, 진짜 조금만, 조금만 덜 사랑하게 된다면, 아, 인생은 얼마나 수월할까, 접시 깰 일도 줄어들고, 등등…….〉 노래는 반려자를 아주 조금만 덜 사랑하게 될 경우 일어날 수 있는 수많은 일들을 나열합니다. 〈당신이 잠꼬대만 덜 한다면……〉 얼마나 매혹적입니까? 나는 철학 서적이 아니라 대중가

요에서 인생을 배웁니다! 노래는 우리에게 엄청난, 정말로 엄청난 교훈을 줍니다. 좋은 노래를 만들려면 천재여야 합니다. 미레유, 장 노앵, 샤를 트레네 정도는 되어야죠…… 기 베아르나 갱스부르는 또 어떻고요…….

미레유와 장 노앵이 부른 아주 웃기는 노래가 또 있어요. 한 여성이 그날 저녁 연인과 만나기로 해서 지금 기분이 아주 좋다고 말하는 내용의 노랫말로 시작합니다. 그리하여, 그 여성은 둘만을 위한 감미로운 저녁 식사를 마련하고, 새 드레스를 꺼내 입는 등, 미친 듯이 만반의 준비를 마칩니다. 마침내 남자가 도착해 식탁에 앉고, 저녁을 먹고는, 잠시 머물다가 그냥 떠납니다. 노래의 후렴구는 이렇습니다. 〈이봐요, 아가씨, 남자들이란 원래 다 그래……〉 노래는 계속 이어집니다. 사흘 후, 갑자기 초인종이 울리는데, 여성은 추레한 꼴인 데다, 집은 구질구질한 상태지만, 남자는 여성을 자빠뜨리고, 격정이 몰아칩니다! 나는 이 노래를 무지 좋아합니다. 우리네 삶을 이론으로 설명하는 게 아니라 있는 그대로 들려주니까요.

L 당신 그림들처럼…….

S 그렇습니까, 난 미처 몰랐는데. 독자들이 제발 내 말을 믿어 줬으면 좋겠는데, 솔직히 난 내가 하는 일을 잘 의식하지 못합니다. 그런 까닭에, 매번 그림을 그릴 때마다 이 장면을 과연 그릴 필요가 있을까 없을까 자문해 봅니다. 내가 그릴 수 있는 그림을 그릴 뿐이라고 생각하지만, 글쎄요, 잘 모르겠습니다.

L 데생에서 자기애 과잉의 인물들이며 타인에게 던지는 보잘것없는 시선들은 자주 접할 수 있습니다. 반면 실재적인, 진정한 우정은 드문 것 같습니다…….

S 네, 맞을 겁니다. 설사 가까운 사이, 친구 사이, 동반자, 배우자, 결혼을 했건 하지 않았건 간에 상관없습니다만, 혹은 여행을 함께 하는 사이에서도 문제는 언제나 불거지게 마련입니다! 그쪽도 그런 경험이 많으시리라 생각합니다만…….

L 뭔가가 거슬리고, 삐걱거리고…….

S 네, 그렇죠. 인생이 너무나 힘겨운 탓에 동행을 찾은 것만으로도 기뻐하지 않을 수 없는 거죠. 그렇기 때문에 언제나 연인들은 서로에게 더 많은 것을 요구하게 마련이지요. 그래야 마음이 놓이니까요. 마음의 휴식도 얻을 테고요. 결국 제일 나쁜 선택을 하는 거지만, 어쩌겠습니까…….

L 우리는 누구나 친구보다는 볼일 있을 때 어울리는 사람들을 더 많이 가진 것 아닐까요?

S 사실 그럴까 봐 겁이 나죠. 교육 수준이나 삶의 방식, 저마다 쌓은 경험이 어떤 것이

든 간에 말이죠……. 그냥 그러려니 하는 수밖에 없을 듯싶네요. 우정의 법칙이란 것이 몬드리안의 성공작처럼 뚜렷하고 명확하진 않으니까요…….

L 무엇이 어느 순간 문득 〈이 사람이 진짜 내 친구야〉라고 말하게끔 하는 걸까요?

S 저런! 나는 당신이 내게 어떤 순간부터 우정에 관한 책만 그리게 되었는지를 묻는 줄 알았어요……. 그러니까 그건 두 사람 중 하나가 다른 쪽에 분명한 우정의 증거를 보여 줄 때겠지요. 언제나 그런 법이죠. 〈맞아, 이 사람은 진정한 내 친구야!〉라고 느끼는 순간이 있는 법이니까요.

L 그럼, 그 분명한 증거란 뭔가요?

S 상대방을 옹호한다거나 감싸 준다거나…….

L 그렇다면, 우정은 언제나 상호적인 것이로군요? 이를테면, 그대가 조금도 옹호받고 싶지 않은데도 내가 그대를 옹호한다면, 이 경우, 그것만으로 그대가 나의 친구가 되는 건 아니다……. 뭐, 이런 뜻인가요? 그러니까 나는 그대가 내 친구가 되어 주길 기대하는데, 그대는 그럴 생각이 전혀 없다는 말이냐고요?

S (웃음) 듣고 보니, 너무 무심하게 말한다고 나를 책망하는 거로군요…….

L 과연 그런 일이 가능한가요?

S 다시 한 번 말하지만, 우정은 기적입니다. 우리네 삶에는 작은 기적들이 있을 뿐입니다. 추론이며 이론, 난 그런 건 믿지 않습니다. 오직 사소한 기적과 우연들이 있을 따름입니다…….

L 그러니까, 모리스 바케 씨를 만나 친구가 된 것과 같은 우연 말이죠?

S 모리스 바케는 내 젊은 시절 우상들 가운데 하나였습니다. 내가 무척이나 좋아하는 영화 「멍청한 강도들」에서 바케는 기막힌 신기와 환상적인 곡예를 선보이죠! 어떤 식전주 홍보 이벤트장에서 그를 처음 만났던 걸로 기억해요. 우리 두 사람은 만난 직후부터 격의 없는 사이가 되었죠. 함께 스키를 타러 간 적도 있어요. 그런 방식이 우리 두 사람 모두에게 잘 맞았나 봅니다……. 모리스 바케는 두아노,* 프레베르 형제,** 폴 그리모*** 같은 사람들과 친했는데, 모두 내가 퍽 좋아하는 사람들이었죠.

L ……모두들 재능이 넘치지만 그럼에도 겸손한 사람들이로군요?

S 이 사람들이 언제나 화합했던 건 아닙니다. 서로 아주 달랐지만, 함께 모이는 걸 좋

* 프랑스의 유명 사진작가.

** 형인 자크 프레베르는 유명한 프랑스의 시인이고, 동생 피에르 프레베르는 영화인이다.

*** 프랑스의 영화인.

신경성 우울증에 걸리지 않기 위해서는 어느 순간 자기 자신보다
다른 사람들에게 관심을 쏟기로 결심할 필요가 있어요.
바로 지금 제가 그렇게 하고 있지요. 그런데, 그렇게 하니까 다른 사람들이
심각한 우울증에 빠져들기 시작하더라고요.

아했어요. 천재인 동시에 어느 정도씩은 딜레탕트적인 기질을 가지고 있었어요. 당시만 하더라도 지금처럼 모든 것이 규격화된 시대는 아니었습니다. 모리스 바케는 경력 관리 따위엔 신경 쓰지도 않았습니다. 그저 늘 유쾌하고, 또 남들을 기쁘게 해줬죠.

L 당신에게 첼로 교습도 해줬다면서요?

S 네, 딱 한 차례…….

L 그런데, 누가 못 하게 했나요?

S 그게 그러니까 내가 너무 나이 들어서 시작한 것 같습디다. 하지만 모리스 바케는 자기 집에서라면 내가 이따금씩 피아노로 반주를 넣는 것도 마다하지 않았어요. 그가 그 정도로 아량 있고 호의적인 사람이었다는 말이죠!

L 당신의 친구들 가운데 몇몇을 만나게 해준 그 우연 말인데요, 혹시 그 우연이란 것

을 조금 비틀 수는 없을까요. 다시 말해서 그 우연을 인위적으로 만들어 낼 수는 없는 걸까요……?

S 가능하지 않다고 생각합니다.

L 반대로, 우연 때문에 친구들과 멀어지는 경우도 있을까요?

S 우리네 인생이 그렇듯, 기후가 바뀌고 풍경이 바뀌면 모든 것이 바뀔 수 있죠…….

L 친구들을 가리켜 풍경의 일부라고 말할 수 있을까요?

S 아니죠. 친구들은 우리를 에워싼 것들의 일부입니다. 이사만 가도 우정 관계는 깨어질 수 있습니다.

L 따라서 친구는 우리의 환경이다?

S 아, 네, 그렇죠!

L 그 경우, 친구가 아니라 오히려 〈볼일 있어서 만나는 사람들〉이라고 해야 하는 거 아닐까요?

S (침묵) 네…… 그렇겠네요. 하지만 우연히 인연을 맺은 사람들이 친구가 되기도 합니다. 그런가 하면 더러는 그냥 볼일 있을 때 어울리는 사람으로 남고요. 그리고 또, 어떤 사람들은…….

L ……단짝? 지인? 프랑수아즈 지루*가 어느 책에선가 우리에겐 〈친구〉가 있고, 〈놀이 동무〉가 있다고 했는데, 그녀는 놀이 동무 부류를 〈조만간 봐요〉라고 부른다고 쓴 구절이 생각납니다. 그러니까, 헤어지면서 〈조만간 봐요!〉라고 말하긴 하지만 실제로 다시 만날지는 알 수 없는 부류의 사람들 말입니다. 솔직히 우리는 생각보다 훨씬 자주 이 말을 사용합니다. 정확하게 언제라고 확정 짓지 않기 위해서 〈조만간〉 보자고 하지 않습니까.

S 아, 그런 건가요? 그쪽이 〈조만간 봐요〉라고 말하면 난 곧이곧대로 믿을 태세가 되어 있습니다만…….

L 프랑수아즈 지루는 이런 말도 덧붙입니다. 〈상황이 관계를 만든다. 새로운 상황은 새로운 관계를 만들어 낸다. 그런데 우정은 친구가 되게 만든 상황이 바뀌더라도 관계마저 바뀌기를 거부하는 것〉이라고요.

S 그렇다면 친구는 많을 수가 없겠군요!

L 그녀는 이렇게 결론짓습니다. 〈우정은 인간관계 중에서 가장 희귀한 예이다. 프랑스어에는 잠시나마 애정과 호감 혹은 관심을 동시에 잡아 끄는 사람들을 지칭하는

* 프랑스의 저명한 여류 저널리스트.

아무도 날 건드릴 수 없는 것처럼 느껴지는 날이 있어.

지금 우리는 완전히 예약 초과 상태랍니다.

단어가 존재하지 않는다. 우리는 별 고민 없이 친구라는 말로 이 모든 것들을 포괄하려 들지만, 나는 오히려 《조만간 봐요!》 부류가 여기에 해당된다고 생각한다.〉 이 말에 동의하십니까?

S 난 솔직히 프랑수아즈 지루를 좋아하긴 하나 늘 존경하지는 않았던 사람입니다만, 그 말에는 동의합니다…….

L 당신은 소심한 데다 결례를 범하면 어쩌나 하는 두려움 때문에 자신을 〈조만간 봐요!〉 부류로 구분할 것 같은데, 어떠십니까?

S 맞습니다, 맞아요. 나는 겁도 많고 미신에도 쉽게 빠집니다. 난 나 자신을 믿지 못하는데, 특히 흥분할 때라면 더더욱 그렇죠! 사실 나는 친구가 그리 많지 않습니다. 한데, 우리가 친구를 많이 가질 수는 있나요?

L 흔히들 우정이란 가꾸어 나가는 것이라고 말합니다. 혹시 우정을 잘 가꿀 줄 아시나요?

S 그렇다고 봅니다. 하지만 내 입으로 그런 말을 하자니 무척이나 남사스럽네요.

L 그렇게 해서 언제나 보상을 받은 건 아니고요?

S 아니죠, 보상을 받았죠. 그런데 이 또한 입에 올리기 민망하네요. 하긴 원하건 원하지 않건 쉽사리 허영심을 자극하는 주제들이 있습니다! 그런데 우정의 가장 커다란 적은 바로 허영심입니다.

L 친구 사이라면, 상대방의 허영심을 용서해 줘야 하지 않을까요?

S 어린아이들도 신혼부부도, 삼촌이나 이모 등 가족들도 그렇게 꿈꾸죠. 하지만, 불행히도, 실상은 그렇지 않습니다. 우리는 본래 야만인인데 가끔씩만 착하죠. 우리는 본래 무자비하게 상대를 짓밟는 짐승들이지만 어쩌다가 남을 돕기도 하는, 아주 복잡한 존재입니다.

L 인간은 종종 거들먹거린다고 생각하십니까?

S 네, 그렇습니다. 우리를 공포에 사로잡히게 만들고, 우리를 뛰어넘는 이 세상에서 살아남기 위한 생존 본능 때문일 테죠! 우리가 저속해지지 않으려는 노력을 더 이상 기울이지 않는 바로 그 순간부터 우정은 물 건너가는 겁니다.

L 반대로, 우정은 노력하지 않아도 서로를 이해하게 해준다고 말하는 사람들도 있더군요…….

S 이렇게 말하면 어떨까 싶어서 약간 망설였지만, 지금은 분명하게 말할 수 있습니다. 오직 노력만이, 설사 아주 미미하고, 상대방은 눈치조차 채지 못하더라도, 부단히

「자네는 남들한테서 무슨 말을 듣거나 무엇을 보게 되면 그것을 너무 고지식하게 받아들이는 게 탈이야. 그런 단계를 넘어서야 해. 요모조모 더 따져 볼 줄 알아야지. 노력해 보라고.」 내 친구 조르주가 말했다. 나는 노력해 보았다. 그 결과 즉석에서 깨달은 사실이 하나 있었다. 내가 20년 동안 친구라고 사귀어 온 자가 알고 보니 지독한 바보였다는 것이다.

기울이는 노력만이 우정을 지속시킨다고요. 거저 주어지는 건 없어요……. 난 그렇게 믿습니다.

L 당신이 몇몇 친구분들과 가꿔 나가는 우정 관계를 놓고 볼 때, 충분히 그 같은 노력을 기울였다고 생각하시나요?

S (침묵) 내가 잘못 생각한 것 같습니다. 우선 나는 모범적인 사례가 아니거든요. 그리고 또 한 가지. 친구들 중에 이미 죽은 사람들이 너무나 많아서 솔직히 내가 느끼는 감정의 정체를 잘 모르겠습니다. 죽은 친구들 생각을 하면 너무 슬픕니다.

L 네, 그렇군요. 그럼 친구들이 죽기 전엔 어땠죠? 친구들과 마음이 통하는 관계가 이어지는 동안, 그 감정을 의식적으로 유지했나요?

S 나름대로 노력을 했다고 생각합니다……. 물론 착각일 수도 있지만요. (웃음) 나는 어리석게도 몇몇 친구들의 태도나 행동이 거슬리게 느껴질 때에도 용서해야 한다고, 그런 건 나와 상관없는 일이라고 믿었습니다. 완전한 바보짓이었죠. 하지만, 마르크, 인생이란 것이 말입니다, 거의 끊임없이 우리 자신의 어리석음을 보여 주기 위해 작동되는 기제라고 생각되지 않나요? 그러다가 어느 날 우리의 어리석음은 허영심과 동시에 모습을 드러내는 거죠.

L 하지만 결말이 좋은 우정도 있을 수 있지 않을까요?

S 물론이죠. 말이 좀 그렇습니다만, 사실상 결말이 좋은 우정이란 계속 이어지는 우정을 뜻합니다……. 결말이 좋은 우정이란…… 결말이 좋은 결혼도 마찬가지겠지만…… 말하자면 고독과 싸우려는 인간의 최후의 시도가 아니겠습니까?

L 우정이 지속되려면 계속 가꿔 나가야 한다고 말하는 사람들이 있습니다. 이를테면 소소한 관심이며 예의 표시 등이 있어야 한다는 말이겠죠…….

S 네, 좋은 말입니다! 그럴 수 있고, 그래야 하고, 마땅히 그렇게 돼야 합니다. 그리고 때론 과감하게…….

L 받은 만큼 친구들에게 주었나요?

S (끝없이 이어지는 침묵) 유감스럽게도 나는 주기보다는 받았던 것 같습니다.

L 상대에게 애착을 표현하는 역량이 미흡하다고 여기시나요?

S 고백을 해야겠군요. 그래요, 고백하건대 나는 그 점에 있어서 그리 모범적이지 못합니다…….

L 예컨대, 친구한테 전화를 건다든지 하는 일이 부담스럽고 성가신가요?

S 네, 맞아요. 나는 생활 감각이 많이 무딥니다. 전화만 해도…… 전화가 어디 있는지

좋은 이웃일 뿐 아니라, 각별한 친구이기도 했지. 우린 거의 매일 석양을 바라보면서 온갖 얘기를 다 했네. 개똥철학자 흉내까지 내면서 말일세. 그러던 어느 날, 우리 사이에 작은 분쟁이 생겼어. 그 후론, 저 친구가 글쎄 이 멋진 광경을 망치려 드는 거야.

알아야 하고, 또 전화기를 조작할 줄도 알아야 하니까요. 설사 전화기를 찾아서 걸었는데 공교롭게 응답기 소리라도 들리면 불안해지고 좌절감을 느낍니다. 뭔가가 제대로 안 되는 건 나한테 곧 재앙입니다!

L 혹시 핑계는 아닌가요? 내가 남에게 전화를 걸기보다는 남이 나에게 전화를 걸어 주기를 바라는 마음이 큰 사람이 둘러대는 핑계 말입니다.

S 아닙니다. 흠…… 아니에요. 글쎄, 어쩌면. 어쨌든 나는 다른 사람을 성가시게 하거나 방해할까 봐 끔찍하게 겁이 납니다.

L 그런 태도는 오만함이나 허영심으로 비칠 수도 있습니다…….

S ……허영심이란 말은 정말 맞는 말입니다. 하지만, 어쩌겠습니까, 내가 그렇게 생겨 먹었는걸요. 난 전화를 걸 때면 공연히 성가시고 귀찮은 사람이 되는 듯한 느낌이 듭니다.

L 그런 태도라면 경우에 따라선 관계가 나빠질 위험성도 없지 않겠군요. 유명한 아리스토텔레스가 말하길, 〈더 이상 친구가 아닌 사람은 예전에도 친구가 아니었던 사람〉이라고 했는데, 동의하시나요?

S (웃음) 재미있는 말이네요. 아리스토텔레스의 말에 전적으로 동의합니다!

L 다시 말해, 한때 친구였다가 더 이상 친구가 아닌 사람이 될 수는 없다는 뜻 아니겠습니까? 실제로 그런 일이 벌어진다면, 과거에 이미 진짜 친구가 아니었다는 말이 되겠죠.

S 맞습니다. 중요한 인간관계가 대부분 그렇듯이, 과거의 관계가 오해에서 비롯되었음을 명확하게 보여 주는 말입니다.

L 친구들한테 화를 내본 적이 있으신가요?

S 물론이죠!

L 관계를 끊어 본 적도 있고요?

S 네. 아주 친했던 친구와 관계를 끊은 적이 있습니다. 자주 식사도 함께하고, 대화도 많이 나누었고, 즐겁게 장기도 두곤 했던 친구였지요. 고통스러웠습니다. 관계를 끊게 된 이유에 대해서 오랫동안 곱씹어 보게 되니까요. 실상은 그렇게 단순하진 않은데, 나만 완전히 옳다고 생각하는 경향이 있는 건 아닌가 하는 생각에 괴로웠습니다.

L 그런데 그 친구 생각을 다시 하면서, 혹시 그분과 마음이 잘 통했던 때가 그립지는 않던가요?

S 어쩌면 그럴 수도 있겠네요. 하지만 사실은 그렇지 않습니다. 한마디로, 왜곡된 우정이었으니까요. 내 잘못입니다. 관계를 좀 더 일찍 끊었어야 했습니다. 우리 둘 사이의 관계가 여러 종류의 오해를 바탕으로 만들어졌다는 사실을 진작 깨달았어야 했는데, 당시엔 우리 둘 다 그런 사실을 인정할 만한 용기가 없었지요……. 철이 덜 들어서였는지 아니면 오만하기 짝이 없어서였는지, 당시 난 그자가 다른 사람들은 몰라도 나만큼은 감히 함부로 대하지 않을 거라고 굳게 믿었으니까요…….

L 특별하고 예외적인 우정이라 생각했는데, 종국엔 환상이었음을 깨달은 셈이었군요?

S 그렇죠. 어차피 우리는 자주 그런 환상에 매달리니까요! 사람은 자신이 잘못 생각했다거나 남에게 속았다는 것을 인정할 수도 없거니와 인정하려 들지도 않으니까요. 고독이 두려워 환상에 매달린다고 할 수 있겠죠…….

L 고독이 두려우십니까?

S 네, 누구나 다 그렇듯이. 난 일할 때는 혼자이고 싶지만, 주변엔 늘 사람들이 들끓기를 바랍니다……. 나는 혼자이고 싶습니다, 주변엔 사람이 그득해야겠지만 말입니다!

L 우정은 여러 규칙 위에 구축되는 것일까요? 그럴 경우, 일종의 규율이 필요할 테죠…….

S 그 경우, 굳이 규율이라고 한다면, 그건 상대방에 대한 존중을 가리킬 테죠. 그리고 습관도 개입할 테고요. 습관은 일종의 힘이죠.

L 습관은 타성을 가리킬 수도 있겠군요…….

S 네, 하지만 꼭 그런 건 아닙니다. 습관은 우정이 가진 특권 중 하나입니다. 즉, 의식(儀式)이죠. 의식을 반드시 타성이라고 여기지는 않습니다.

L 말하자면 의식은 반복되는 기쁨이라 할 수 있을까요?

S 네, 맞습니다. 의식에 대해선 이러고저러고 이견이 있을 수 없죠.

L 반면, 사랑에선 순식간에 습관이 타성으로 변해 버리나요?

S (침묵) 네, 하지만 사랑에 관해서라면 수많은 선입견들도 존재합니다. 우리는 가정을 꾸린다거나 공동의 야망을 키워 나가고, 가족에 대한 의무 같은 건 쉽게 잊곤 합니다…….

L 우정에 있어서 의무는 곧 행복인가요?

S 그때의 의무란 서로가 동의한 것일 테죠. 몇 해 전 크게 놀란 일이 있습니다. 그때

난 카네트 가를 거닐고 있었는데, 햇빛이 강렬했습니다. 태양이 강렬하면 그늘도 아주 짙지요. 어떤 키 작은 곱사등이 남자가 제 방향으로 오다가 갑자기 환한 미소를 지으며 멈춰 서는 것이 아니겠어요. 빠끔히 열려 있는 어느 집 대문 안을 들여다보면서 말이죠. 그늘이 너무 짙어서, 처음엔 그 남자가 뭘 보고 있는지 잘 분간하지 못했습니다. 그래, 좀 더 가까이 다가가 보니까, 곱사등이 남자가 건물 안쪽에 있는 자그마한 체구의 다른 곱사등이를 보면서 반갑게 인사를 하는 거예요. 두 사람이 만난 거죠. 나는 두 사람의 이 소소한 의식에 완전히 매료되어 버렸습니다.

L 우정에도 어느 정도 사랑이 깃들어 있다고 보십니까?

S 아야, 아야, 아얏! 너무 거창한 말들이라서 어떻게 발음해야 조금이라도 누그러들지 모르겠네요. 필연적으로, 그럴 수밖에 없겠지요. 내가 보기에, 우정은 사랑보다 더 많은 것을 요구합니다. 사랑에선 설명하고, 사과하고, 고백합니다. 우정에선 이런 것들이 훨씬 더 힘들지요. 우정이란, 매우 드문 일이긴 하지만, 인간이 받아들여 볼 만한, 자신을 던져 볼 만한 도전입니다.

L 혹시 실제로 만나 본 적 없는 예술가들에게 우정을 느껴 보신 일이 있나요? 이들이야 아무런 요구도 하지 않을 것 아닙니까…….

S 네, 당연하지요. 그 사람들은 나로 하여금 언제나 자기들만 생각하게 하는 친구들입니다. 내 의지와는 아무 관계 없이 말입니다.

L 예컨대, 드뷔시도 친구라고 생각하십니까?

S 드뷔시는 친구 중에서도 마음이 아주 잘 맞는 친구죠. 놀라실지도 모르겠는데, 난 바람이 몹시 부는 날이면 마치 「메두사 호의 뗏목」*에 올라탄 듯한 느낌을 받습니다. 그 뗏목엔 나 말고도 드뷔시, 라벨, 스트라빈스키, 에리크 사티, 듀크 엘링턴이 타고 있죠. 난 가끔씩 바흐나 모차르트를 초대하기도 합니다…….

L 그럼 이따금씩 바흐를 물에 던져 버리기도 하나요?

S 가끔, 자리가 모자라면 어쩔 수 없죠!

L 미레유나 폴 미스라키는 안 탑니까?

S 웬걸요. 가끔씩 탑니다. 친구들이니까요. 내가 보기에 친구란 말이죠, 내가 늘 생각하는 사람이거든요. 이게 도대체 무슨 현상인지, 마음 같아선 신경학자들이라도 만나서 설명을 듣고 싶네요. 난 매일 친구들 생각을 하는데, 생각이 오만 군데로 증식

* 프랑스의 화가 테오도르 제리코가 그린 그림. 태풍을 피해 구명 뗏목에 오른 사람들이 공포에 질린 장면을 그렸다.

을 하는지 시간이라고는 아주 조금밖에 안 걸리죠! 거의 매일 그러다시피 하는데, 나로서도 어찌해 볼 도리가 없어요.

L 가깝게 지내는 사람 집에 저녁 초대를 받아 갔을 때도 상상 속에서 그 친구들과 어울리는 경우가 있으십니까?

S 네, 그런 것 같아요. 병인가 봅니다.

L 어쩌면 따분한 현실에서 벗어나려는 시도라고도 볼 수 있지 않을까요? 작업하는 방식일 수도 있고요…….

S 정말 이상하긴 합니다만 암튼 나는 그 친구들 없이는 살 수가 없습니다. 진부하게 들려도 어쩔 수 없어요. 나는 내가 좋아했지만 이제는 죽은 친구들과 너무도 많은 대화를 하고, 그 친구들과 너무 자주 함께 있습니다. 뭔가가 계속되는 거죠……. 그런 게 가끔은 조금 슬프기도 하고, 고통스럽기도 합니다. 어쨌거나 내가 그 친구들을 잊는다는 건 한마디로 불가능해요.

L 죽은 친구들과는 대화가 제한되어 있느니만큼, 모든 것이 그저 순조롭게 여겨질 테죠…….

S 유감스럽게도 그렇네요!

L 그러니까, 예술 작품을 토대로 우정을 쌓는다는 말이군요. 예술가들은 이미 죽은 사람들이니 성가신 행동을 할 리도 없고 귀찮은 전화로 이 우정을 망쳐 놓지도 않을 테죠? 결국 그들이야말로 최고의 친구들이겠군요?

S 어쨌든 누구도 나에게 그들에 대해서 험담을 할 수는 없죠. 그건 불가능하니까요.

L 예컨대 누가 미레유를 흉보면 화가 나십니까?

S 화를 내기야 하겠습니까. 미스라키, 미레유는 모두 제가 무척 좋아하는 사람들입니다. 그렇긴 해도 미레유는 드뷔시하고는 다르죠…….

L 그럼, 내가 드뷔시를 거의 좋아하지 않는다고 말한다면요?

S 그쪽한테 화를 내지는 않겠지만, 기분이 좋을 리도 없을 테죠.

L 만일 아주 절친한 친구가 뜬금없이 드뷔시의 재능을 깎아내리는 말을 한다면, 그 친구를 바라보는 당신의 시선이 바뀔 수도 있을까요?

S 네, 애석하지만 확실히 그럴 것 같네요……. 나 스스로도 방금 한 고백이 그다지 자랑스럽진 않지만, 할 수 없죠!

L 만일 내가 기욤 드 마쇼*를 좋아한다고 말한다면, 여전히 나를 당신의 우정을 받을

* 중세 프랑스의 시인이자 작곡가로 모테트를 비롯한 종교 음악에 조예가 깊다.

어제저녁엔 친구들 집에서 식사를 했다네. 그 자리엔 아인슈타인, 코페르니쿠스, 다윈, 니체, 쇼펜하우어도 왔지. 복 받은 자로서 나는 그 친구들이 하는 말을 모두 알아들었을 뿐만 아니라, 복잡하고 어려운 답변들도 미리 예측했지 뭔가. 그런데 지루해지기 시작하기에 일찍 귀가했지. 집에 돌아와 보니, 내가 켜놓고 나간 라디오 노스탈지 방송에서 샤를 트레네*의 노래 「기쁨이 도처에Y'a d'la joie!」가 흘러나오질 않겠나. 자네는 그때 내 기분이 어땠는지 도저히 모를 거야. 그 행복이라니! 아, 진정한 행복감!

* 프랑스의 구세대 가수.

자격이 있는 인물이라고 여길까요?

S 무엇보다 난 그쪽을 조금 특이한 사람이라고 여길 것 같네요. 그쪽의 희한한 취향을 딱하게 생각했을 것 같고요. 그리고 아마도 그쪽이 던지는 질문들에 대해서 약간 더 경계심을 품을 것 같습니다!

L 또 다른 데생 중에, 한 남성이 고전 작품들이 꽂힌 책꽂이에 대고 정중하게 모자를 벗어 인사하는 장면이 있습니다. 작가들에 대한 존경심도 우정이라고 말할 수 있을까요?

S 나는 그렇다고 봅니다.

L 절대 만나 볼 수 없을 작가와도 대화할 수 있을까요? 이를테면 이미 죽은 작가하고도요?

S 나한테는 너무 당연한 일입니다! 음악가와도, 화가와도 그렇듯이 말입니다……. 거기엔 우정과 흡사하달 수 있는 교감이 있습니다.

L 결국 친구를 많이 가지려면, 무난한 성격에 한가한 사람이어야 하는 걸까요?

S 친구가 그득하다느니 너무 많다느니, 이런 말 수상한데, 안 그런가요?

금요일, TF1 방송에서
신간
베스트셀러
여성 독자들의 추천 도서
점성술

PRIX
고전
문학상 수상작
추리 소설

THEATRE
FOLIE AU LIT
COMEDIE
PAUL CLAUDEL
LE PARTAGE DE MIDI

RUE

우리는 서로에게 감탄하고 서로를 존경하는 사이였다. 그러다 보니 우리의 우정은 더욱 높은 곳으로 나아가기 위한 끊임없는 선의의 경쟁이 되었다. 그가 어떤 선행을 하면, 나는 기어이 그보다 더 착한 일을 한 다음 그에게 그 이야기를 들려주어야 직성이 풀렸다. 그 사람 역시 오기가 대단했다. 내 이야기를 들은 지 며칠도 안 돼서, 그는 내가 행한 것보다 훨씬 더 착한 일을 하고 그 일에 대해 이야기하곤 했다. 어느 날 나는 더 이상 그를 따라갈 수 없다는 느낌을 갖게 되었다. 그다음 날, 나는 홧김에 우리의 약속 장소에 조금 늦게 나갔고, 또 그다음 날에는 두 시간 넘게 지각을 했다. 그다음 주에는 그를 바람맞혀 종일토록 기다리게 만들고도 나 몰라라 하였다. 그다음 달에 그는 나에게 알리지 않고 여행을 떠났다. 그에 질세라 나는 일언반구도 없이 이사를 가버렸다. 나중에 그 사실을 알고 그가 어떤 표정을 지을까 생각하니 기분이 별로 나쁘지 않았다.

우리는 그와 그의 아내 사이에 틈이 생겼음을 이미 눈치채고 있었다. 어느 날, 그는 우리에게 이렇게 말했다. 〈굉장해! 나는 요즈음 어떤 미녀와 씨름하고 있어.〉 그로부터 얼마 후에, 우리는 그가 꽤나 아름다운 어떤 여자와 함께 있는 모습을 먼발치에서 보게 되었다. 그 주 토요일에 우리는 그를 만났다. 우리는 그 무렵 부부들끼리 모여 주말을 보내곤 하던 터였다. 그는 더 이상 어찌해야 좋을지 몰라 갈팡질팡하는 사람처럼 보였다. 우리는 염려 섞인 말로 그를 다독거려 주었다. 그는 아이들과 우리의 아내들과 잔디 깎는 기계를 멍하니 바라보다가 전에 했던 말을 다시 했다. 〈굉장해! 정말 굉장하다고…… 나 요즘 어떤 미녀와 씨름하고 있어.〉 그는 먼산바라기처럼 여전히 멍한 눈길로 아이들과 여자들과 잔디 깎는 기계를 죽 둘러보고는 이렇게 덧붙였다. 〈물론, 자네들은 이해할 수 없을 거야.〉 그는 우리와 다른 세계에 사는 사람처럼 보였다. 그가 우리에게서 멀어진 것이든 아니면 우리가 그에게서 멀어진 것이든 따지는 건 부질없는 일이었다.

두 사람이 다시 부부로 살려고 노력하는 모습을 보니까 아주 기분이 좋군요…….

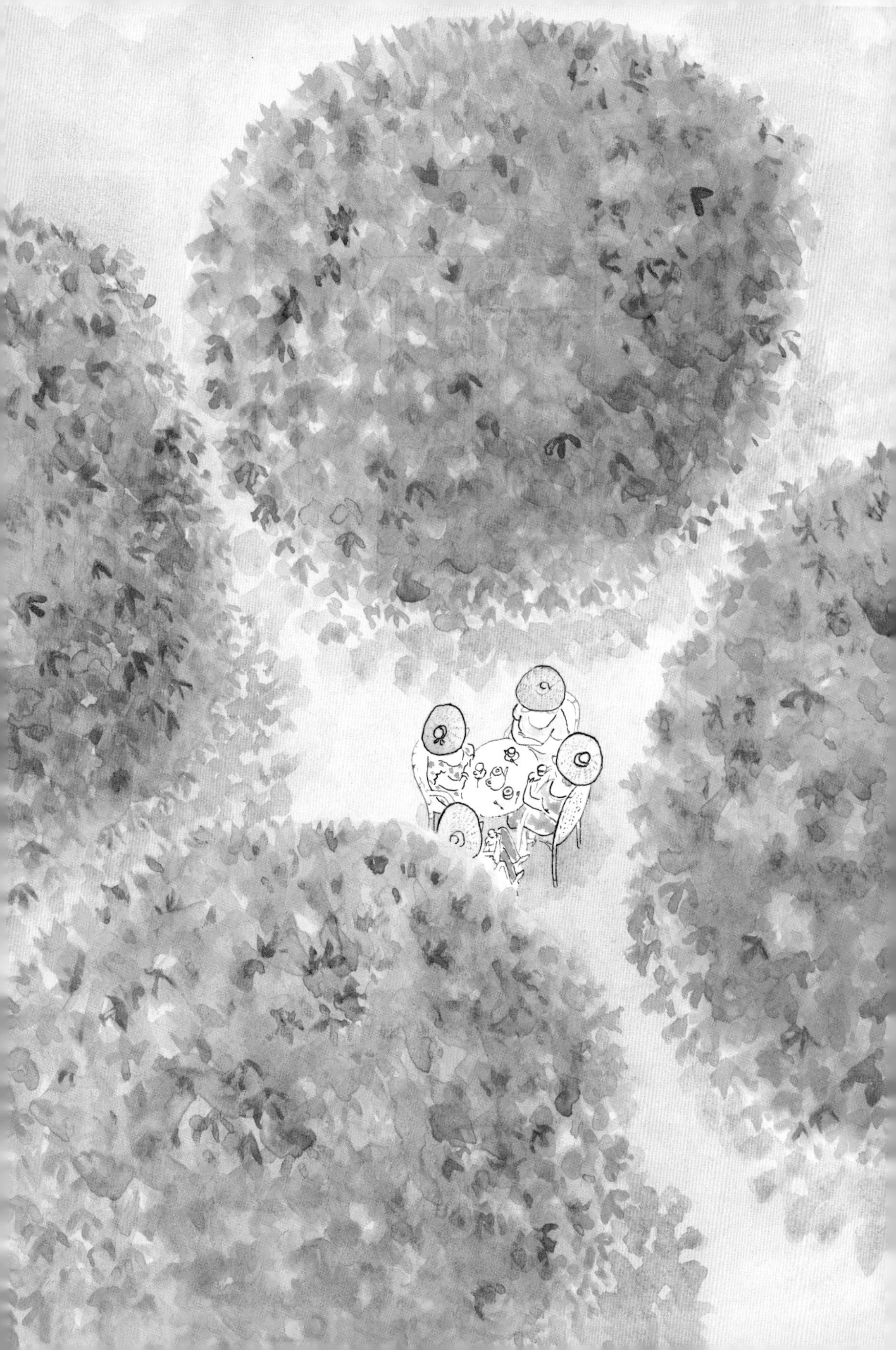

이봐요, 샤를앙리, 우리의 대화는 항상 실망스러워요. 명심하세요, 그쪽이 노상 인간적인 것에만 머물러 있으니 도약할 수가 없는 거라고요.

아주 세게 휘두르셨네요, 마리오딜!

클레르와 나는 친구 사이입니다. 우리는 정말로 친합니다. 그런데 어느 날 나는 그 애가 니콜과 놀기를 좋아한다는 사실을 깨달았어요. 그래서 나는 마리크리스틴을 찾아가서 우리 둘이 아주 재미있는 놀이를 하자고 말했지요. 그 놀이란 우리가 정말로 친한 척함으로써 클레르와 니콜의 화를 돋우자는 것이었어요. 우리는 내가 제안한 놀이를 했습니다. 날이 저물 무렵 나는 무척 기분이 좋았습니다. 아주 재미있게 놀았기 때문이지요. 그다음 날 클레르가 와서 나에게 말했습니다. 자기는 니콜보다 나를 더 좋아한다는 얘기였어요. 자기는 니콜과는 별로 친하지 않으며 그냥 친한 척을 했을 뿐이라더군요. 나는 무척 기분이 좋았습니다. 우리는 오전 내내 함께 놀았지요. 그런데 이상했습니다. 마리크리스틴과 친한 척하며 놀 때보다 한결 재미가 덜했어요. 그래서 나는 친한 척하려고 애를 썼습니다. 하지만 그게 뜻대로 되는 일이 아니더군요. 결국 우리는 정말로 친한 사이로 남되, 그 애는 니콜과 나는 마리크리스틴과 노는 척하기로 결정했습니다. 이제 클레르와 니콜은 언제나 붙어 다닙니다. 그렇다고 그 애들이 정말로 친한 사이가 된 건 아니에요. 그냥 친한 척을 하고 있을 뿐이랍니다. 그럼에도 그 애들이 무척 재미있게 놀고 있다는 느낌이 드는 건 어쩔 수가 없네요.

Castora
GITANES
ELFA
TELECOM
CASINO
CIC

폴, 내가 할 수 있는 일이 있는지 알아보고 말해 줄게. 하지만 우리 그룹은 16일부터 아주 화기애애하게 결성돼서 말이야.

이 지역에 선생님의 성이 세워진다는 걸 알게 된 순간, 정중하게 찾아뵙고 인사드려야 한다는 생각을 했습죠.

저쪽 부부들도 무료해 보이는군. 하지만 뭔가 호감을 주는 구석이 있어. 남편은 성실해 보이고, 아내에게는 순박한 심성을 가진 여자들 특유의 감상적인 부드러움이 있군. 우리가 저들에게 알은 체해서, 함께 한잔하면 친구가 될 게 분명해. 영화 구경이나 소풍도 함께 가고, 한 번은 우리가, 다음번에는 저 집이 서로 돌아가면서 초대도 하고 말이야. 하지만 때로는 당신과 나 단둘만 집에서 조용히 있고 싶을 때도 있겠지. 그러면 저들 얼굴이 말이 아니겠는걸.

P

요약해 말하면 다음과 같습니다. 마르트 리불드 부인은 — 물론 결혼 전의 이름입니다 — 열세 살 때 말다툼한 이후 다시 만나지 못했으나 결코 잊은 적이 없는 어릴 적 단짝 친구를 찾습니다. 마르트 리불드 부인은 물론 오래전에 그 친구를 용서했습니다. 말다툼의 동기는 도난 사건 때문이라는군요. 〈도둑질은 너무 심한 말이에요!〉라고 마르트 리불드 부인은 말씀하시는군요. 그렇다면 귀고리 한 짝을 슬쩍했다거나 잠시 빌렸다고나 할까요. 이 사건을 더 잘 떠올릴 수 있도록 리불드 부인은 이제껏 간직하고 있던 나머지 한 짝의 귀고리를 하고 나오셨습니다.

나에게 많은 빚을 지고 있다는 걸 잊지 말게, 샤를앙드레. 이따금 그걸 상기시켜 주고 싶을 때가 있어.

암묵적 언사가 전혀 오가지 않았던 오늘 저녁 모임이, 저희에게도 더할 나위 없이 좋았습니다.

저녁 식사 동안, 우리 사이에 호감이 자리 잡는 걸 느꼈습니다. 자, 받으세요, 제 일기장입니다. 선생께서 어떻게 생각하시는지, 제가 모레 전화드려 여쭙겠습니다.

이보게, 우리 얼마간 서로 보지 않고 지내야겠어. 자네와 나는 서로 너무 많이 알고 있어서 대화의 소재가 완전히 고갈되었고, 아주 사소한 얘기도 다시 꺼낼 수 없거든.

베르나르, 자네에게 우정의 끝, 우리 우정의 끝을 알려야겠어. 어제 자네가 그랬지. 〈뭔가 뒤지고 있다는 느낌이 든다〉고. 난 측은한 마음에 자네에게 물었지. 〈뭐에 뒤지고 있느냐〉고 말이야. 그랬더니 자네는 〈모든 것에, 일이며 사람이며 모두 다〉라고 하더군. 그래서 난 다정하게 되물었지. 〈나에 대해서도 그러느냐〉고. 그랬더니 자네가 그러더군. 〈너한테 뒤지다니! 어째서? 그건 절대로 아니야!〉

난 어려운 상황에서도 침착성을 잃지 않아. 〈나한텐 친구들이 있다〉는 생각을 하거든. 걔들에게 전화하면 자동 응답기가 받지. 그래서 다음 날은 이렇게 생각하기로 했단다. 〈나한테 친구들이 있고 덤으로 걔들의 자동 응답기까지 있다〉고.

좀 길어지긴 했지만 맛있는 점심이었네. 저 사람의 문화적 소양은 매력적으로 보이네만 그가 들려준 온갖 일화며 인용들은 5분이면 인터넷에서 모두 찾아낼 수 있어.

2주일 후 일요일에 열릴 타히티풍의 파티를
절대로 잊지 말아요!

장자크 상페의 작품들

제목, 원서 출간 연도(한국어판 출간 연도)

돌풍과 소강, 2013(2015)
상페의 어린 시절, 2011(2014)
뉴욕의 상페, 2009(2012)
각별한 마음, 2007(2010)
프랑스 스케치, 2005(2007)
겹겹의 의도, 2003(2004)
파리 스케치, 2001(2004)
아름다운 날들, 1999(2004)
거창한 꿈, 1997(2001)
자전거를 못 타는 아이, 1995(1998)
속 깊은 이성 친구, 1991(1998)
뉴욕 스케치, 1989(1998)
사치와 평온과 쾌락, 1987(2000)
어설픈 경쟁, 1985(2001)
인생은 단순한 균형의 문제, 1977(2009)
랑베르 씨의 신분 상승, 1975(1999)
마주 보기, 1972(2013)
얼굴 빨개지는 아이, 1969(1999)
랑베르 씨, 1965(1999)

sempé.

이미지 저작권

(C) J. J. Sempé:
pages 2, 6, 10, 12, 13, 14, 15, 16, 17, 21, 23, 24, 25, 26, 27, 28~29, 32, 33, 34, 39, 45, 47, 49, 59, 60, 61, 62~63(dessin inférieur), 64, 65, 66~67, 73, 74~75, 76~77, 78, 80, 87, 89, 90, 93, 94, 95, 101, 104, 107, 108, 110~111, 112, 113, 114, 115, 116, 118~119, 120~121, 124, 125, 126, 127.
(C) J. J. Sempé / Éditions Denoël:
pages 9, 19, 30, 31, 35, 36~37, 40, 51, 52, 53, 57, 78, 81, 82, 83, 92, 96, 97, 99, 122, 123, 128.
(C) J. J. Sempé / Éditions Gallimard:
4, 22, 46, 62~63, 91, 117.
(C) J. J. Sempé / Éditions Gallimard / Éditions Denoël:
pages 62~63(dessin supérieur).
(C) J. J. Sempé Éditions Denoël / Galerie Martine Gossieaux:
page 70.

출전

『각별한 마음』, 이원희 옮김: 70, 145.
『거창한 꿈』, 윤정임 옮김: 9, 35, 138, 151, 152, 157.
『겹겹의 의도』, 윤정임 옮김: 51, 52, 57, 73, 97, 139, 149.
『사치와 평온과 쾌락』, 이원희 옮김: 40, 101, 128.
『속 깊은 이성 친구』, 이세욱 옮김: 19, 31, 99, 122, 123, 131.
『아름다운 날들』, 윤정임 옮김: 53, 81, 96, 146, 148, 155.
『어설픈 경쟁』, 이건수 옮김: 37, 132~133, 141, 144.
『파리 스케치』: 118~119, 140.
『프랑스 스케치』: 4, 22, 91, 117, 135.

『랑베르 씨』 집필을 위한 작업 준비 수첩에 수록된 그림: 39
『자전거를 못 타는 아이』 집필을 위한 작업 준비 수첩에 수록된 그림: 61
크로키 수첩에 수록된 그림: 87
르나르 극장에서 있었던 모리스 바케의 공연, 「사색, 축제」를 위한 포스터(1995): 89

진정한 우정

옮긴이 양영란은 서울대학교 불어불문학과와 동 대학원을 졸업하고, 파리 제3대학에서 불문학 박사 과정을 수료했다. 『코리아 헤럴드』 기자와 『시사저널』 파리 통신원을 지냈다. 옮긴 책으로 『빨간 수첩의 여자』, 『프랑스 대통령의 모자』, 『콩고』, 『아무것도 아닌 작은 일』, 『상페의 어린 시절』, 『센트럴 파크』, 『잠수종과 나비』, 『탐욕의 시대』, 『굶주리는 세계, 어떻게 구할 것인가』, 『공간의 생산』, 『그리스인 이야기』, 『물의 미래』, 『빈곤한 만찬』, 『미래의 물결』, 『식물의 역사와 신화』 등이 있으며, 김훈의 『칼의 노래』를 프랑스어로 옮겨 갈리마르사에서 출간했다.

지은이 장자크 상페 **옮긴이** 양영란 **발행인** 홍예빈·홍유진 **발행처** 주식회사 열린책들 **주소** 경기도 파주시 문발로 253 파주출판도시 **전화** 031-955-4000 **팩스** 031-955-4004 **홈페이지** www.openbooks.co.kr

ISBN 978-89-329-1840-2 03860 **발행일** 2017년 6월 30일 초판 1쇄 2023년 9월 20일 초판 7쇄

이 도서의 국립중앙도서관 출판예정도서목록(CIP)은 서지정보유통지원시스템 홈페이지(http://seoji.nl.go.kr)와 국가자료공동목록시스템(http://www.nl.go.kr/kolisnet)에서 이용하실 수 있습니다.(CIP제어번호 : CIP2017012673)